アドレアの祝祭
～聖獣王と幸運の番～
Adorea no shukusai
JN038034

アドレアの祝祭《しゅくさい》 ～聖獣王《せいじゅうおう》と幸運《こううん》の番《つがい》

宮本《みやもと》れん

ILLUSTRATION：サマミヤアカザ

アドレアの祝祭 ～聖獣王と幸運の番～

LYNX ROMANCE

CONTENTS

アドレアの祝祭
～聖獣王と幸運の番～

青みがかったグリーンで覆われた森は、ここが世界の北の果てに近いことを彷彿《ほうふつ》とさせる。

針葉樹の高い木立を見上げながらアンリは大きく息を吸った。

もうすぐ短い夏が来る。

草木は萌《も》え立つように背丈を伸ばし、枝葉を茂らせ、森をいっそう覆い尽くす。

冬の間は雪に覆われ生きものの気配すら感じられなかったことを思うと、こうして鬱蒼《うっそう》と茂る木々に命の縮図を見る思いだ。一息吸いこむごとに身体の隅々まで清々《すがすが》しいもので満たされていくようで、アンリは深呼吸をくり返した。

「いい匂い……ほっとする……」

湿った土の匂い。爽やかな木の匂い。それらが混じり合った森の匂い。子供の頃《ころ》からずっと身近にあり続けた日常の一部のようなものだ。

だから十六歳になった今も、こうして時々村外れの森を訪れては、気の赴くままに探索している。かつては家族みんなでピクニックに、姉とふたりで隠れんぼにと遊びにきたものだったけれど、今はひとりで来るばかりだ。それでも思い出が詰まった森はアンリの特別な場所であり続けた。

懐かしい面影が胸を過《よぎ》る。

父からは蜂蜜色の目を受け継いだ。褒める時は蕩《とろ》けるようにやさしく、叱《しか》る時は毅然《きぜん》とした強さを持って常にアンリを見守ってくれた。その慈愛に満ちた眼差《まなざ》しは今も胸の中に息づいている。

ミルク色の肌や金の髪は母譲りだ。日に透けてきらきらと輝くブロンドを彼女はよく褒めてくれた。五つ離れた姉ともお揃《そろ》いで、両親からは「かわいい天使さんたち」と呼ばれたものだった。

そうして血を分けて譲り受けたものも、注がれた愛情も、そのすべてがアンリにとっては宝物だ。

いつか自分にも大切な人ができたら、その時は父や母がしてくれたようにやさしく包みこんであげたいと思う。

「そんな日が、来るといいな」

まだ見ぬ伴侶に思いを馳《は》せながらアンリはそっと目を細める。

相手はどんな人だろう。

自分たちはどこで出会い、どんなふうに恋に落ちるのだろう。

きっと素敵な家族になれるはずだ。両親のように互いを思い遣《や》り、あたたかくほっとできるような家庭を自分も築くことができたなら――――。

もう何度も思い描いた未来に胸を高鳴らせつつ、アンリは森の奥へと分け入っていった。

村の外れにあるこの針葉樹の森は、長年通っているにもかかわらず知らない場所がたくさんある。そのため今日はあっちへ行ってみよう、明日はこっちを歩いてみようと、気分に応じて探検するのも楽しみのひとつだ。

今日選んだ道の先にはいったいなにがあるだろう。わくわくしながら泥濘《ぬかるみ》を飛び越え、倒れた木を乗り越えながらアンリはどんどん奥へと進む。

そうしているうちに心なしか緑の匂いは濃くなり、肌に纏《まと》わりつく空気もしっとりと湿ってきた。風はひゅうひゅうと唸《うな》りを上げ、刻一刻とあたりも薄暗くなっていく。

こんな時、姉がいたら「早く帰ろう」と弟の手を取って引き返していただろうし、両親がいたならなおのこと、「そっちに行ってはいけないよ」と止められただろう。

けれど、今のアンリに忠告するものはない。違和感を覚えた時にはもう遅かった。

遠くの方から、ゴロゴロ……と地鳴りのような音が響いてくる。はっとして顔を上げた次の瞬間、
バリーン！　と空が割れるような雷鳴が轟《とどろ》いた。

「わっ！」

とっさに頭を覆い、その場に踞《うずくま》る。

すぐさまバケツをひっくり返したような激しい雨が降ってきた。大粒の雨が身体中に打ちつける。

目の前がみるみる白く煙っていく光景にアンリは驚き、目を瞠《みは》った。

こんな大雨の中、もと来た道を走って戻ったりしたら危ない。

それなら、どこか雨宿りできるところを探さなければ。

アンリは素早く立ち上がるとキョロキョロとあたりに目を凝らす。この雨だ。モタモタしていたら身体が冷えて動けなくなる。そうなる前に雨が凌《しの》げる場所が見つかればいいのだけれど。

――たぶん、こっちに……。

黒風白雨の中、勘だけを頼りにアンリは目を眇《すが》めた。この先に小高い岩山があったはずだ。一部が庇《ひさし》のように出っ張っているのを見たことがある。そこまで辿《たど》り着ければきっとなんとかなるはずだ。

「よし」

自分を励ますように頷《うなず》くと、アンリは豪雨の中を思いきって歩きはじめた。すぐに雨水が靴の中に浸《し》みてきて気力を削《そ》がれそうになる。それでも諦めてはいけないとひたすら足を動かし続けた。

草を払い、枝をかき分けながら懸命に進んでいく。

しばらくすると、思ったとおり岩山が見えてきた。庇のような出っ張りは崩れ落ちてしまったのかなくなっていたものの、代わりに岩壁の一部にぽっかりと穴が空いているのが見えた。

「洞穴《ほらあな》だ！」

思いがけない幸運に疲れも忘れて小走りに駆け寄る。

ひんやりと湿った壁を手で伝いながら中に入ってみたところ、幅はそう広くないものの、奥行きはだいぶあるようだった。これなら一晩過ごせそうだし、火を焚《た》いていれば獣も近寄ってこないだろう。

そうと決まれば善は急げだ。アンリは急いで枝を集めてくると、比較的乾いている小枝をよりわけ火打ち石で火を熾《おこ》した。大きいものは壁に立てかけ、濡れた服を引っかける。即席の物干しだ。

そうしてやっとのことで焚き火に冷たい手を翳《かざ》し、ほうっと一息吐《つ》いた時だった。

「……あれ……？」

木の陰に、チラと動くものが見えた。……人だ。人が歩いている。

この悪天候の中で走らせるのは危険だと判断したのか、立派な黒馬を連れた男性が全身ずぶ濡れになりながら目の前を横切ろうとしていた。

「あ、あの！」

反射的に立ち上がる。考えるより先に声が出ていたアンリを、男性は弾かれたようにふり向いた。

こんなところでいきなり声をかけられるなんて思ってもみなかったのだろう。雷雨に煙る暗い森の中でもお互いの目が合ったのがはっきりとわかった。

「良かったら、雨宿りしていきませんか」

アンリが手招きすると、男性は連れている馬に目をやった後で、ゆっくりとこちらへ近づいてきた。

洞窟の入口の近くに馬をつなぎ、大きな身体を屈《かが》めて中へ入ってくる。長い髪や服からはぽたぽたと水が滴っていたが、彼は微塵《みじん》も構うことなくまっすぐにアンリを見下ろした。

「我が名はジークフリート。おまえは、ここに住むものか」

低く、威厳のある声だ。村の仲間たちとはまるで違う。

「いいえ。たまたま散歩の途中で雨に降られて……。ここで一晩を過ごすつもりです」

「なるほど。同じ境遇というわけか」

親近感にも似たものを覚えたのか、ジークフリートと名乗った男性が目元をふっとゆるませた。

小さな集落で生まれ育ったアンリには、隣近所どころか村に住む全員が顔見知りのようなものだ。つまり、ジークフリートは生まれてはじめて出会う見知らぬ相手でもある。世の中にはこうも端整な男性がいるのかと驚きのあまり見惚《みと》れてしまった。

男らしく切れ上がった眉に切れ長の双眸《そうぼう》。彫りの深い眼窩《がんか》には思慮深さを窺《うかが》わせる焦げ茶色の瞳が静かな光を放っている。それが高い鼻筋やシャープな顎《あご》のラインともあいまって、気高い獣のような印象を受けた。

服の上からでもわかる鍛えられた褐色の肉体に、赤銅色の長い髪がよく似合う。それを後ろでひとつにまとめ、凛然《りんぜん》と立つその姿はどこか威厳さえ感じさせた。

なんと堂々とした、勇ましそうな人だろう。激しい雨に打たれ、乱れた着衣や髪でさえも彼の色香を際立たせている。

「どうした。なにを見ている」

「え……？　あっ、すみません」

しまった。初対面なのにジロジロ見るだなんて失礼なことをしてしまった。

慌てて詫《わ》びるアンリに、ジークフリートは軽く右手を上げることでそれを制した。

「いや、俺も言い方が悪かった。立場上、警戒するのは癖のようなものなのだ。許せ」

そう言うと、彼はきょとんとしたままのアンリに向かって目礼する。

「俺の方こそ礼を言う。助かった」

「お礼だなんて……困った時はお互いさまです。それよりどうぞ、こっちに来て当たってください。だいぶ身体が冷えたでしょう」

パチパチと音を立てる焚き火の前の特等席を勧める。小枝を足して火の具合を調整するとともに、即席の物干し枝を増設するのを見て、ジークフリートは感心したように頷いた。

「ずいぶん手慣れているな」

「小さい頃、父から教わったんです。森で遊ぶなら知っておかなければいけないと……。この火打石も父からもらったものなんですよ。今日は災難でしたが、役に立って良かったです」

「そうか。それは父君にも感謝しなければ」

ジークフリートは微笑《ほほえ》みながらぐっしょり濡れた上着を脱ぐ。着ていたシャツで髪や身体を拭き、濡れたところがなくなると、ようやく人心地ついたというように大きく息を吐き出した。

それからシャツを一絞りし、今度は愛馬の顔や身体を拭いはじめる。世話を焼いてもらえてうれしかったのか、馬は甘えるように鼻を鳴らした。

「大切にされているんですね」

「俺のせいで大変な思いをさせたからな。せめてもの償いだ」

午後からは天候が崩れるかもしれないと知りつつ、息抜きのための外出を決めたのは自分だからとジークフリートは肩を竦《すく》めた。狩りに来て、一緒にいた仲間とはぐれたそうだ。

「他の方々は無事でしょうか……」

「皆、それなりに経験を積んだ精鋭たちだ。なんとか凌いでいるだろう」

狩りや遠出の際、雨に降られるのはままあることなのだそうだ。そんな時は無理に集まろうとせず、各自が最善の方法を取るよう訓練されているのだという。

「あのまま雨の中を歩き回っていたら今頃どうなっていたか……。風邪を引くか、下手をしたら命に関わっていたかもしれん。大切な時に大事に至らず済んだのはおまえのおかげだ」

「大切な時…、ですか？」

「あぁ。半年前、父が病に倒れてな」

炎に照らされたジークフリートの横顔がわずかながら険しさを増す。せめてその気持ちに少しでも寄り添いたくて、アンリはそっと隣に座った。

「お父様が……。それはさぞお辛《つら》いでしょう」

「矍鑠《かくしゃく》とした人だっただけに、日に日に弱っていくのを見るのは堪《こた》えるものだ」

「お気持ち、よくわかります」

両親が流行病《はやりやまい》にかかったのはアンリが十二歳の時のこと。

はじめに父が病に冒され、看病した母にもそれが伝染《うつ》った。あの時ほど己の無力さを痛感したことはない。熱に浮かされ、苦しそうにする父母を為《な》す術《すべ》なく見守るしかなかった。医者にかかる金などなかった。

彼の父親が病の床で苦しんでいると聞いて、今は亡き父の闘病姿がそれに重なる。

そう言うと、ジークフリートは痛みをこらえるように眉根を寄せた。

「そうか。両親を亡くしていたか」

「なにもしてあげられませんでした。祈ることしか……」

「それでも、おまえの存在そのものが父君母君には心の支えだっただろう。残して逝《い》くのはどんなに心残りであっただろうな。……それからは、ずっとひとりか」

「いいえ。姉が」

立て続けに両親を亡くしてからは姉が親代わりになってくれた。

そんな彼女も嫁いでいって、今はもう家にいない。

「姉には苦労ばかりかけました。だから、しあわせになってくれてほんとうに良かった」

結婚が決まった時、弟をひとりぼっちにしてしまうと姉がためらったのを知っていた。だからこそ背中を押したのだ。彼女が幸福になってくれるなら自分の孤独などどうでもよかった。

赤々と燃える火を見つめながら懐かしい笑顔を思い出す。ふたりで肩を寄せ合い生きていた頃も、こうして交代で竈《かま》の番をしたものだった。

「大変な思いをしてきたのだな」

「いいえ、ぼくなど……。もっともっと苦労した人たちが周りにたくさんいましたから。とても良くしてもらっていました。おかげで、今もこうして生きていられます」

貧しくとも支え合って生きる——それがアンリの暮らす村の教えだ。そうしなければとても生きていけなかった。

この世に身分というものが存在するからだ。生まれながらにして人の価値を定義するための厳格なルールであり、そこから逸脱することも、ましてや飛び越えることも許されない。

国王を頂点に王族の系譜に連なるものが延々と続き、その下に司祭がいて、取り決められた領地を治める領主がいて、特権階級を気取る貴族がいて、武力によって国や領地を守る軍人がいる。さらにその下に商人、職人、農民ときて、一番下がその日暮らしのアンリたちというわけだ。

階級が上のものは下のものへ威張り散らし、下のものは理不尽に歯噛《はが》みしながらも黙って耐える。いくつも階級が違えば言葉を交わすどころか顔を合わせることもない。だからアンリは貴族が豪華な馬車に乗っているのを遠くから眺めたことしかないし、国王に至っては姿すら見たこともない。

「ぼくらにとって、王族の方は雲の上の存在です。お城から街を見下ろしたらどんなふうだろうって皆で話したこともありましたが……見晴らしがいいんだろうなぁということぐらいしか想像がつきませんでした」

そう言うと、ジークフリートがわずかに顔を曇らせる。

「城からの景色を見てみたいか？」

「え？」

それに一瞬ぽかんとなったものの、アンリはすぐに首をふった。

「いいえ。ぼくはここで充分です」

「知りたくはないのか」

「興味がないわけではありませんが……でも、身の丈に合った今の暮らしが気に入っているんです。こう見えても手先は器用な方なんですよ。繕いものなら負けません」

針仕事でできた手のタコを示すと、ジークフリートは感心したようにそれに見入る。

だからついついその気になって、母親に手仕事を習ったこと、村人たちから繕いものを請け負い、それで生計を立てていることを話して聞かせた。

　服が破けたり、擦り切れたりしても、新しいものをポンと買えるような余裕のある家庭は少ない。何度も修繕してクタクタになるまで代々着回す。だからアンリのような繕いもの屋が必要なのだ。

　二軒隣に住む老人は昔からの常連だ。亡き妻が作ってくれたという一張羅をとても大切にしていて、わずかでも綻びができるとすぐに修繕を頼んでくれる。もちろん、上着を良い状態で保ちたいという思いもあるだろうけれど、孤児であるアンリの生活の足しになればとの気遣いもあったろう。だからアンリも一針一針心をこめて縢《かが》らせてもらっていた。

「なんと健やかに育ったものか……」

　話を聞き終えたジークフリートが長い長いため息を洩《も》らす。

「おまえは気立てのいい人間だ。前向きで、人の痛みもわかる。それだけ心を砕いてきたのだな」

「そんな、ぼくなんて……」

「誰にでもできることではあるまい。地に足をつけて生きる、立派なことだ」

　手放しに褒められて、なんとも言えないうれしさと照れくささにたちまち頬《ほお》が熱くなった。

　下を向くのを追いかけるようにして横から手が伸びてきたかと思うと、人差し指の背でそっと頬にかかる髪を払われる。

「まだあどけない顔をしているのに芯がある。俺がおまえぐらいの歳《とし》の頃とは大違いだ」

「ジークフリート様は、おいくつなんですか？」

　頬に残るぬくもりにドキドキと胸が高鳴るあまり、深く考えもせずに訊《き》いてから失礼だったことに気づいたアンリは大慌てで頭を下げた。

「す、すみません」

「いや、俺が言い出したことだ。……そうだな、おまえの倍ほどと言っておくか」

「えっ」

思わず目が丸くなる。いくら彼が大人とはいえ、倍も違うとは思わなかったのだ。

「見たところ、十三、四ほどだろう」

「いえ…、これでも一応、十六に……」

「なに。ならば倍というのは言いすぎたな。俺とてそこは気にするところだ」

ジークフリートは大袈裟《おおげさ》に顔を顰《しか》めると、二十八歳だと教えてくれた。

――あんまり変わらないような気もするけど……？

思わず心の中で首を傾《かし》げる。そんなことを気にして訂正するなんてなんだかかわいい。もちろん、そんなことを言ったら失礼になるだろうから今度こそ口には出さないけれど。

それでも考えていることは顔に出ていたのか、ジークフリートは複雑そうに眉を寄せた。

「おまえには中年に見えるのだろうか」

「そ、そんなことありません。むしろ、ジークフリート様はかわいらしい方だなぁって……あっ！」

両手で口を押さえても後の祭りだ。

「隠しごとができない質《たち》か」

「………すみません」

しょんぼりと項垂《うなだ》れるアンリを見て、ジークフリートはとうとう声を立てて笑う。はじめのうちは上目遣いで見ていたアンリも、しばらくするとこらえられなくなって結局一緒に笑ってしまった。

不思議な人だ。立派なのに偉ぶったところがなく、かわいらしい一面さえある。だからだろうか、初対面にもかかわらず気詰まりのようなものはまるでなく、むしろ一緒にいるとほっとした。

――――素敵な人だな……。

その見た目だけでなく、きっと心も。

精悍《せいかん》な横顔にじっと見入っていたからだろうか、不意にジークフリートが流し目を送ってよこした。

「どうした」

「いえ、その……格好いいなぁって思って……」

素直に思ったままを口にすると、なぜか彼は少し寂しそうな、曖昧な笑みを浮かべてみせる。

「もの珍しい、の間違いではないのか。こんな髪色のやつをこれまで見たことがないだけだろう」

「え?」

思いがけない言葉に戸惑った。確かに彼の言うとおりではあったけれど、それが理由で格好いいと思ったわけではなかったのに。

――――普通とは違うって言いたいのかな……?

内心首を傾げたアンリは、そこでようやく子供の頃に父親から聞いた話を思い出した。

この国には、自分たち人間とは違う種族がいるという。髪や目の色が普通と違うのですぐにそれとわかるそうだ。堂々としていて逞《たくま》しく、とても強い生きものなのだと父は昂奮《こうふん》気味に語っていたっけ。

「もしかして……ジークフリート様は獣人なのですか?」

訊《たず》ねた瞬間、彼がわずかに息を呑《の》むのが聞こえた。眼差しは依然としておだやかではあるものの、そこには微《かす》かな緊張感が漂っている。

「そうだと言ったら、おまえはどうする。俺を怖《おそ》ろしいと思うか」

ジークフリートの眼差しは真剣だ。さらには、なんと答えたらいいかわからず口を噤《つぐ》んだアンリを見て肯定していると受け取ったのか、彼は宥《なだ》めるように目を細めた。

「安心しろ。獣の姿になって襲いかかろうなどとは思っていない。……だが、嫌だと思うものを無理強いするつもりもない。怖ろしいと感じるのは本能だ。おまえのせいではない」

「あ、あの……」

「そんな相手と一夜を過ごすのは不安だろう。せっかく招いてもらったが、やはり俺は出ていこう」

「待って！」

立ち上がろうとするのを気配で察し、アンリは夢中で縋《すが》りついた。

「そんなことありません。不安だなんて思いません。獣人の方にお会いするのははじめてで……嫌な気持ちにさせてごめんなさい。ジークフリート様はそんなことをする人ではないと思います。だからここにいてください」

懸命に言葉を紡ぐのをジークフリートは驚いたように覗《のぞ》きこんでくる。ただただ伝わってほしい、その一念で見上げていると、ややあって彼は「そうか」と目を細めて微笑んだ。

「おまえはやさしい人間だ。獣人を知らずにいたのも無理はない」

「ぼくが村の中だけで生きていたからではありませんか」

「それもあるだろう。だが、獣人を知るということは、戦いの歴史を知ることでもある」

ジークフリートがここではない、どこか遠くを見るような目をする。それを見たらいても立ってもいられなくなって、考えるより先に身を乗り出していた。

「ジークフリート様さえ良かったら、詳しく教えてもらえませんか」

「獣人のことをか。ほんとうに俺が怖ろしくはないのか」

「いいえ、少しも。ぼくは、ジークフリート様のことをちゃんと知りたいです」

亡き父が教えてくれたように、ここアドレア王国では昔から人間と獣人が共生している。

とはいえ、その出生比には偏りがあり、人間の方が圧倒的に多いのだそうだ。選ばれたものだけが特別な力とともに獣人として生まれると聞いたことはあったけれど、詳しいことはわからないままだ。

彼が獣人だというのならこれを機会に理解したい。ジークフリートをわかりたい。

そう言うと、ジークフリートは少し考えるように間を置いた後で、やがて静かに頷いた。

「まずは、獣人とはなにかから話した方がいいだろうな。簡単に言ってしまうと男系遺伝だ。獣人の父親を持つ子供だけが同じく獣人として生を受ける。人間に比べて数が少ないのはそのためだ」

「ということは、ジークフリート様のお父様も……？」

「あぁ、獣人だ。母は人間だが」

ふたりは種族の壁を超え、大恋愛の末に結ばれたのだそうだ。そこに至るまでには苦労もあったに違いない。そんな夫婦の形もあるのだとはじめて知った。

「それから、獣人といっても普段はこのとおり人の姿だ。有事の際は獣化するがな。当然人の言葉は話せなくなるが、思考や理性は保ったままだ」

「ジークフリート様はどんな動物になるんですか？」

「俺の獣属性はサーベルタイガーだ。体長は二メートルにもなる」

「えっ！」

そんなに大きな動物になるなんて。

目を丸くするアンリに、ジークフリートは「髪や目の色は獣化しても同じだ」と教えてくれた。

「それが獣人の特徴のひとつだ。慣れれば外見だけで相手の獣属性もわかるようになる」

「わぁ。そうなんですねぇ」

「興味が湧いたか。ならば最後にこれだけは覚えておいてくれ。――獣人は、野生の獣とは違う。どんなに力が強くても、牙を剝《む》き出しにしていようとも、決して罪のない人間を襲ったりしない」

「あ…」

「いくら頭で理解していても、やはり獣化した姿を見ると怖ろしく思うのだろうな。だが、獣の姿をしていても思考や理性は保っているのだ。どうかそれだけは忘れないでくれ」

「ジークフリート様……」

言葉の端々に、彼がこれまでどれだけの誤解を受け、悔しい思いをしてきたのかが伝わってくる。だからジークフリートは何度も何度も「怖ろしいか」と訊いたのだ。長く共生してきた人間と獣人であっても本能だけはどうしようもない。せめて彼が虚《むな》しさに呑みこまれてしまわないように、アンリはグイッと身を乗り出した。

「ぼくは、ジークフリート様の言葉を忘れません。ぼくはずっと味方です！」

大きな声でそう言うと、ジークフリートは瞬《まばた》きをくり返し、小さく「ふはっ」と噴き出した。

「そうか。それはなによりだ」

「ほんとうですよ」

「あぁ。俺もおまえを信じよう」

もとの表情に戻ってくれたことに安心しながらアンリは焚き火に手を翳す。

森のことも、村のことも、身の周りのことならなんでも知っているつもりだったけれど、ジークフリートからは教わるばかりだ。

「……ぼく、なにも知らなかったんですね。村の外のことはなんにも」

それがどれほど狭い世界のことなのか、それすらわかっていなかった。この国はどんなところで、どんな人たちが暮らしているのか、目を向ける余裕もなかった。毎日を生き延びるだけで精いっぱいだったのだ。

「そんな顔をするな。わかろうとすることがなにより大事だ」

大きな手でポンと背中を叩《たた》かれる。

「おまえさえ良ければ国のことも話して聞かせよう。服が乾くまで、もう少しかかるだろうからな」

「いいんですか」

「これもなにかの縁だ。いつか役に立つこともあるだろう。おまえの父が遺《のこ》した火打ち石のように」

最後の言葉に胸があたたかくなるのを感じながら、アンリは「お願いします」と頭を下げた。

「それならまずは、この国の地理からだ――――。アドレアが大陸から突き出た半島と小さな島々から成り立っているのは知っているか？」

そう言いながら、ジークフリートは拾った小枝で地面に図を描く。ここが陸地、ここが海、そしてこれが島々だと指しながら彼は領地を五つに分けた。すなわち、東、西、南、北、中央の五つだ。

「ひとつの王家から五家に血筋が分かれたのを機に、国を五等分して、それぞれの領地を治める形となった。広い国だからな。その方が隅々まで目が届く」

「それなら、王様も五人いるのですか？」

「いいや、ひとりだ。代々五家の中からひとりが王に選ばれる」

ジークフリートが中央の領地を指す。

「今、俺たちがいるのはここだ。南北に長い形をしているだろう。北をリノ山脈、南をアドレア海に面している。最南端にあるのが都のマラガだ。訪れたことは？」

アンリは黙って首をふった。生まれてこのかた村から出たことさえない。

「そうか。いつか行く機会があれば都の賑《にぎ》わいを楽しむといい。おまえの言っていた城もある」

ジークフリートは返事を待たず、今度はそのすぐ左側を指した。

「西側はとても豊かなところだ。一面の穀倉地帯が広がっている。国に食料を供給していることから『アドレアの食料庫』と呼ばれている」

一面の麦の穂が夕日に輝いている様はさながら金色《こんじき》の海のようだという。それはどんなに美しいのだろうと夢想するアンリの横で、ジークフリートは半島とは別の、南側の島々を枝で指した。

「このあたりは、複数の島を統括している海洋貿易の中継地点だ。異国の船や人間が多数出入りしているおかげで多様性に寛容だが、大雑把な一面もある。縛られるのを嫌うとも言うがな」

「なるほど。そうなんですね」

土地柄によってそこに住む人々の価値観も変わるなんて、これまでは想像したこともなかった。

「それなら、東はどんな？」

「一言で言えば、砦《とりで》の役目を果たしている。海を隔てた向こうには敵国ゲルヘムがあるのだ」

「……敵国？」

表情を曇らせたジークフリートが焚き火を見つめたまま「あぁ」と答える。

「ゲルヘムは龍人《りゅう》の王が治める国で、侵略によって国を築いてきたために気性が荒いことで知られている。隙あらば周辺国を我がものにしようと狙う危険分子だ。やつら龍人は水中戦が得意だからな、海沿いの東側がこの国の砦として常時警戒に当たっている」

「そうだったんですか……」

全然知らなかった。暮らしを脅かすものがいたことを。それを護《まも》り続ける人たちがいたことも。

「最後に北だが、ここは北東を隣国ローゼンリヒトと接している。獅子《しし》の王が治める国だ」

「こちらも敵でしょうか」

「安心しろ。ローゼンリヒトとは長年友好関係にある」

先だって行われた王の結婚式にはジークフリートも国賓として招かれ、式に参列したのだそうだ。

それを聞いて安心した。

「他国と接している北は外交政策の玄関口だ。だがその一方で、国内と頻繁に行き来するのが難しい土地でもある。南西を一千メートル級のリノ山脈に囲まれているためにな。おかげで独自の文化が発達した」

東、西、南、北、それに中央――――自分の生まれ育った国がこんなにも多種多様だったなんて。

「興味が出てきたか？」

顔を覗きこまれ、アンリは元気よく「はい！」と答えた。

「ジークフリート様はなんでもご存知なんですね」

「買い被《かぶ》りすぎだ。おまえより長く生きているだけに過ぎない」

ジークフリートは苦笑しながら膝の上で頰杖《ほおづえ》を突く。もう少しこうして話してくれるようなので、アンリは思いきって「もし、ご存知でしたら……」と身を乗り出した。

「『世界の北の果て』とは、どんなところでしょうか？」

幼い頃、母から聞いたことがある。いくつも山を越えた向こうにこの世で一番寒い場所があると。

「イシュテヴァルダのことだな。善良な心を持った人間の王が治める国だ」

アドレアの北に位置するローゼンリヒトの、そのさらに向こうだそうだ。

すべてが凍る彼《か》の地では、夏になると一日中太陽が沈まぬ白夜という現象が起こるという。国中が魔法にかけられたようになると聞いて想像に胸が躍った。

――白夜ってどんなものだろう。

都には多くの魔法使いがいると聞く。彼らに頼んで白夜を起こしてみてもらえないだろうか。

思いきって提案してみたが、ジークフリートは首をふるばかりだった。

「人にはそれぞれ定められた運命があるように、土地にも神が与えた自然というものがある。悪戯《いたずら》にそれを模倣してはならない」

「そう、ですよね……」

「しゅんとするな。いつかこの目で見る楽しみがあると思えばいい。それに、イシュテヴァルダにはオーロラというものもあるそうだぞ。炎のように揺らめく光が夜空いっぱいに広がるという」

「夜空に、光が…、ですか？」

「あぁ。イシュテヴァルダ王の結婚式では銀のオーロラがかかったと聞く。それはそれは美しかったそうだ。一度でいいから見てみたいものだな」

ジークフリートの言葉にアンリはうっとり目を閉じる。

銀のオーロラだなんて、なんて素敵な祝福だろう。北の果てにふさわしく凍えそうなほど寒い中、それでも人々は息を詰めて夜空を焦がす炎を見上げたのだろう。

——世界には、そんなところもあるんだ……。

ほうっとため息が洩れた。彼と話していると見たこともない景色が目の前に広がっていくようで、わくわくと胸が躍る。今夜が嵐で良かったなんて思うのは不謹慎かもしれないけれど、そのおかげでこうして彼に出会えた。もしかしたら、これは運命の導きなのかもしれない。

なんだかくすぐったくなってきて、そっとジークフリートの横顔を盗み見る。

「広い世界に思いを馳せることはいいことだ。知らないことを知るのも楽しい。だが、腹が減っては戦はできぬとも言うからな」

そう言って革の鞄《かばん》を引き寄せたジークフリートは、中からなにか取り出し、包みを開いてアンリの方に差し出してきた。

「狩りに出る時は必ず、こうした事態を想定して非常食を持ち歩いている」

見れば、黒パンやチーズ、ドライ無花果《いちじく》、それに鹿の干し肉まである。アンリには縁もないような贅沢《ぜいたく》品だ。

「わぁ！　いただいてもいいんですか？」

「もちろんだ」

「ありがとうございます」

アンリがお礼を言ったのと、腹の虫が「ぐうう」と鳴ったのはほぼ同時だった。

「はっはっは！　よほど腹が減っていたのか」

「ち、違っ…、あの、これは……！」

「遠慮せずに食うといい。育ち盛りに遠慮は無用だ」

なおもククッと笑いながらジークフリートは食料を勧めてくれる。恥ずかしいやら情けないやらで顔を赤くしていたアンリも、なんだかおかしくなってきて一緒になって笑ってしまった。

促されるまま黒パンを割き、干し肉を囓《かじ》る。嚙めば嚙むほど旨味《うまみ》があふれ出す鹿肉は彼が狩りで仕留めたものだそうだ。そんな話を夢中になって聞くうちに口を動かすのを忘れてしまい、そのたびにジークフリートに笑われた。

こんな賑やかな夕食はいつ以来だろう。

両親や姉がいた頃は、いつも一緒に食事をしていた。食卓の横には小さな竈があって、とろとろと燃える火を見ながらたくさんの話をしたものだった。

そして今、出会ったばかりのジークフリートと焚き火を囲んで食事をしている。たとえそれが非常食だったとしても、誰かと分け合って食べる夕食はいつも以上に心を満たした。

あまりに「おいしい、おいしい」と言ったからだろうか。ジークフリートは、自分の分の食料さえアンリに食べさせようとしきりに勧めた。腹の虫が鳴ったことを気遣ってくれているのかもしれない。

その日暮らしの自分には絶食など日常茶飯事なのに。

だから余計に彼のやさしさがうれしくて、食事を終えたアンリは深々と頭を下げた。

「ほんとうにありがとうございました。おいしかったです」

「少しでも腹の足しになったらなによりだ」

なんでもないことのように微笑むジークフリートに、アンリはふと思いついて「そうだ」と背筋を伸ばした。

「歌を、お聞かせしてもいいですか？」

「歌？」

「はい。とても良くしていただいたので、せめてお礼をさせてほしいんです」

小さな頃から歌うことが大好きだった。大きくなった今も家で繕いものをしながら、あるいは森を歩きながら、気づくといつもメロディを口ずさんでいる。歌はひとりぼっちになった寂しさを慰め、支えてくれた大切な相棒でもあった。

特に気に入っているのがこの国に古くから伝わる民謡だ。アンリは母から、母はそのまた母から、代々口伝えに教わってきた。

「なるほど。そういうわけならせっかくだ。心して聞かせてもらおう」

ジークフリートが身体ごとこちらに向き直ってくれる。それに感謝しながらアンリもまた膝を詰め、目を閉じると、心をこめて歌いはじめた。

どれほど歌い継がれてきたものなのか、今や使うものもいない古い言葉で紡がれた歌はそれ自体が祈りのようだ。メロディはどこか懐かしく、母からは「子守歌代わりに歌うとすぐ寝たのよ」とよく聞かされたものだった。

やさしい音色。やわらかな旋律。変声期を過ぎてもなお、ソプラノの余韻を残すアンリの歌声が洞窟の中に響き渡る。

最後のフレーズを歌い終え、静かに目を開けると、なぜかジークフリートが目を瞠っていた。

「なんという歌声だ……まるで天の声だ。……こんなことが…ある、ものなのか……？」

信じられないというように彼は何度も首をふる。しばらく放心したようにじっとこちらを見つめていたジークフリートだったが、はっと我に返るなり、強い力でアンリの両肩を摑《つか》んできた。

「……もしや、おまえなのか」

「え？」

「そうだな。おまえだったんだな」

昂奮を抑えきれない様子で顔を覗きこまれ、畳みこまれて、事態を呑みこめずにアンリはオロオロとするばかりだ。そうしている間にも身体を引き寄せられ、ぎゅうっと強く抱き締められた。

「やっと出会えた……やっと、見つけたのだ…………！」

薄いシャツの布越しにジークフリートの鼓動が伝わってくる。ドクドクと高らかに鳴り響くそれに大きな期待を感じたものの、どうにも気になる言葉があった。

――やっと出会えたって、どういう意味だろう。初対面のはずなのに。

「あ、あの……」

思いきって声をかけると、ジークフリートは慌てて身体を離した。

「不躾《ぶしつけ》な真似《まね》をしてすまない。俺としたことが気が逸《はや》った」

「どうかなさったんですか。やっと出会えたって……」

「いや……おまえに出会えて良かったと、そう思ったところだ」

ポンポンと背中を叩かれ、それ以上訊けないでいるうちにジークフリートが立ち上がる。そうして乾いた上着を持ってくると彼はそれを地面に敷いた。

「雨に打たれて疲れたろう。そろそろ寝よう。できるだけあたたかくしてな」

服の上に腰を下ろしたジークフリートに隣に来るよう言われ、思わずためらう。

「どうした。俺と一緒では不満か」

「そんなことありません。でも、ぼくはその…、寝相が……」

自慢ではないが、上掛けを蹴飛ばして寝ていることなどしょっちゅうだ。夏の間など何度それで風邪を引きかけたことか。布団と間違えて恩人を蹴ったりしたらそれこそ一大事だ。

恥を忍んで正直に言うと、ジークフリートは声を立てて笑った。

「元気な証拠だ。恥じることなどあるまい。俺は、腹を蹴られたぐらいでは怒らんぞ」

「わっ」

グイと腕を引かれ、再び逞しい胸に引き寄せられる。よろめいたアンリがうっかり全体重を預けたにもかかわらず、ジークフリートは腕一本で難なくそれを受け止めた。

そのまま並んで服の上に横たわる。下はゴツゴツとした硬い地面だけれど、分厚い上着のおかげで寝るのもだいぶ楽だ。つい小さな欠伸《あくび》が洩れてしまい、それを見たジークフリートは含み笑いながらアンリに布団代わりの服をかけてくれた。

「ありがとうございます。でも、ジークフリート様にも……風邪を引かないように」

「おまえは心配性だな」

苦笑とともに引き寄せられたかと思うと、逞しい腕にすっぽりと包みこまれる。上掛けをふたりで半分こにするようだ。彼の胸はあたたかくて、またしても「ふわぁ…」と欠伸が洩れた。

「これで良さそうだな」

ジークフリートの声がとろりと甘い。聞いているだけで身体中の力が抜けていく。

「あぁ、おまえはあたたかい」

「ジークフリート様も、とってもあったかいです」

瞼《まぶた》を閉じ、規則正しいリズムを刻む心臓の鼓動に耳を澄ませる。

嵐など忘れさせる命の音に引きこまれるようにアンリは意識を手放していった。


翌朝アンリが目を覚ました頃にはもう、隣は蛻《もぬけ》の殻だった。

見れば、一足先に起きたジークフリートが馬に水を飲ませている。起き上がったアンリに気づいた彼はこちらをふり返り、「晴れたぞ」と白い歯を覗かせた。

その視線の先には美しい青空が広がっている。

「わぁ！」

昨日の嵐が嘘《うそ》のようだ。

洞窟の入口まで駆けていって一仕事終えたジークフリートの隣に並ぶ。

木々の緑はいよいよ濃く、雨上がりの森特有の清々しい香りが漂ってくる。思わずいっぱいに息を吸いこんだのを見て、ジークフリートもまた深呼吸をした。

「いい朝だな」

「いい朝ですね」

顔を見合わせたらなんだかうれしくなって、また「ふふっ」と笑ってしまった。

それにしても背の高い人だ。アンリの目の高さがちょうどジークフリートの肩あたりだから、彼が見ている景色は自分のそれとはだいぶ違っているのだろう。思慮深げな焦げ茶の瞳が静かにこちらを見下ろした。

赤銅色の長い髪は朝の光を受けて燃えるように輝き、逞しい背に靡《なび》いている。その堂々とした立ち姿はまさに王者と呼ぶにふさわしい。

「サーベルタイガーというのはぴったりですね」

そう言うと、ジークフリートは一瞬間を置いてから「覚えていたか」と微笑んだ。

「おまえの髪はカナリアのようだ。昨夜の歌も素晴らしかった」

「カナリア……？」

「見たことはないか。とても美しい声で鳴く、金色の鳥だ」

アンリが知っている鳥はどれも、身を守るため自然の色に同化するものばかりだ。カナリアというのは見たことがないけれど、彼が言うのだからきっと素敵な鳥なのだろう。

「その歌声は奇跡を起こすと言われている。俺は、おまえもそうだと思うのだ。あのように美しい歌声を俺は今まで聞いたことがない」

大真面目に言いきられ、照れくささにたちまち頬が熱くなる。

「そんな、あの…、褒めすぎです」

「謙遜するな。いくら言っても足りないほど、今も耳に残っている。……もし、おまえさえ良ければもう一度歌ってはくれないか」

「そんなに気に入ってくださったんですか」

どうしてもと請われ、くすぐったさに胸を高鳴らせつつも、自分の歌でよろこんでもらえるならとアンリは心をこめて歌いはじめた。

爽やかな森の匂い。希望にあふれた陽《ひ》の光。

そんな自然の恵みに感謝しながら歌詞に思いを乗せる。透き通った歌声は澄んだ空気に混じり合い、木々の梢《こずえ》を揺らしながらどこまでも広がっていくようだ。いつしか、洞穴の入口には歌を聞きつけた鳥や小動物たちが集まってきていた。

ジークフリートの髪の色によく似た毛色を持つリスや、顔から胸元にかけて鮮やかなオレンジ色をしたヨーロッパコマドリ、それに狐《きつね》や野ウサギもいる。

静かに歌い終えたアンリはしゃがみこむと、野ウサギに向かって手を伸ばした。さっそく指の先をフンフンかぐのに目を細めながら、驚いているジークフリートを仰ぎ見る。

「昔からこうなんです。歌を歌うと動物たちが集まってきて……。それもあって、ひとりでも寂しくなかったのかもしれません」

歌は自分と動物たちをつなぐ大切な役割も果たしていた。いまだに、なぜ彼らが集まってくるのかはわからないままだけれど。

頭を撫《な》でてやると野ウサギはうれしそうに目を閉じる。人懐っこいヨーロッパコマドリもアンリの肩に留まって、ヒュイー、ピピピ……と一緒に歌いたがっているようだ。

それをじっと見ていたジークフリートが大きくひとつ頷いた。

「――――確信した。おまえこそ、我が運命」

「え？」

立ち上がったアンリの肩からコマドリがパタパタと飛んでいく。近くの枝に留まった鳥も、周囲を囲む動物たちも、皆がつぶらな瞳でアンリたちの様子を見守った。

そんな中、ジークフリートが一歩距離を縮めてくる。

「名を、訊ねてもいいだろうか」

「あ…、失礼しました。アンリといいます」

「アンリか。おまえに似合う、良い名だ。心に刻もう」

笑うと白い歯がいっそう眩《まぶ》しく、つい胸が高鳴った。

そんなアンリを見つめながら、ジークフリートは「名残惜しいが……」と眉根を下げる。

「日が高く昇る前に帰らなくてはならない。帰りを待つものたちがいる」

「そうですよね。もとは狩りに来ていらしたんですものね」

ジークフリートは「森を出るまで馬に乗せて送っていこう」と申し出てくれたが、アンリはそれをていねいに辞した。

「早く帰って、安心させてあげてください。ただいまって言えるのは家族のいる人の特権ですよ」

かつては自分もそうだった。失ってしまう前にできるだけ大切にしてもらわなければ。

言いたいことは余すところなく伝わったのだろう。ジークフリートはなおも残念そうにしていたが、やがて納得したように愛馬に跨《また》がった。

「また会おう。互いの名が再びふたりを引き合わせる日まで、おまえに神の恵みがあるように」

「はい。どうぞお元気で」

ジークフリートが馬を駆って去っていく。

それを見届け、アンリも不思議な一夜の思い出とともに身支度を調えた。

一晩仕事を放ってしまったから今日からまた忙しくなる。早くいつもの上着を繕ってあげたいし、一昨日《おととい》預かったばかりの双子のズボンも大きな穴を塞いでやらなくては。

「頑張《がんば》らなくちゃ」

自分に言い聞かせながら、アンリもまた洞窟から一歩を踏み出した。


それから数日後、家を訪ねてくるものがあった。

繕いものをしていたアンリはノックの音に顔を上げる。いつものように「開いてますよ」とドアに向かって応えたものの、いつまで経《た》っても村人が入ってくる気配はなく、不思議に思いながら玄関を開けるとそこには見たこともない男性が立っていた。

威厳のある黒尽くめの男性がふたり、その後ろにすらりとした若い男性がふたり。後方には馬車らしきものも見える。その風貌や美しい身形《みなり》から一目で自分とは違う世界の人々だと察しがついた。

こんな田舎の小さな村にそんな人たちがやってきたら、それは見物人も出るはずだ。

野次馬がやんやと周りを囲むのをものともせず、黒尽くめの男性のひとりが恭しく頭を下げた。

「突然の失礼をお許しください。アンリ様でいらっしゃいますか」

「どうして、ぼくの名前……」

戸惑うアンリをよそに、男たちは右手を胸にいっせいにその場に跪《ひざまず》く。

「王太子ジークフリート様のご命令により、お迎えに上がらせていただきました。首都マラガに建つアドレア城にアンリ様をお招きいたしたく存じます」

「え？　え？」

意味がわからず、ぽかんとなった。

王族に知り合いなんていないし、知り合うきっかけもない。土台、天と地ほども身分が違うのだ。

そんな相手が自分に迎えをよこすはずがない。その上城に迎えたいだなんて、なにかの間違いではないだろうか。

「ジーク、フリート…、様……？」

けれどその名には覚えがあった。数日前、洞窟でともに一夜を明かした彼の名だ。

——まさか、王太子様だった……？

思わずごくりと生唾を飲む。考えてみれば思い当たる節がいくつもあった。

彼は良い身形をしていたし、分けてくれた食料も高級品だった。堂々とした態度も上に立つものと言われれば納得がいく。

でも、それならなぜ彼は身分を明かさなかったのだろう。貧しい庶民とは本来口を利くことすら許されない立場だ。非常事態だったとはいえ、アンリを小間使いの代わりにするならまだしも、世話を焼くなど王族とは思えないほどだ。あんなに気さくに笑う人がこの国の王太子様だったなんて。

——互いの名が再びふたりを引き合わせる日まで、おまえに神の恵みがあるように。

あの時の約束が叶《かな》えられようとしている。

運命の糸が彼につながっていたことを肌で感じる。

「思い出していただけましたか」

迎えにきた男性は、表情の変化でアンリの心境を悟ったようだ。澄んだグレーの瞳は知性にあふれ、目尻の皺《しわ》や口元の髭《ひげ》が彼をいっそうやさしく見せる。品のいい微笑を浮かべながら優雅な所作で彼は戸の向こうを指した。

「城でジークフリート様がお待ちかねです。どうぞこちらへ」

大挙して押し寄せていた村人たちが飛びすさると、見たこともない立派な馬車が現れる。内側にはビロードが張ってあり、どこもかしこもピカピカだ。繊細な金の装飾があしらわれ、天井にまで絵が描かれているようだった。

目を丸くするアンリを、ご近所連中がいっせいに取り囲む。

「なんだい。水くさいじゃないか、アンリ。こんな突然のお別れったらないよ」

世話焼きで、涙もろくて、アンリを我が子のようにかわいがってくれた人だった。

「そうだよ。うちの子がどれだけ服を破いても裸ん坊にならずに済んだのはあんたがいてくれたからじゃないか」

五人の子を抱え、毎日賑やかにしている女性も悲しそうに顔を曇らせる。

「おまえさんがいなくなったら寂しくなるな。儂《わし》の一張羅も……もう着納めだ」

亡き妻が作った上着を宝物にしている老人は、別離を噛み締めるように眉根を寄せた。

皆、アンリの生活を支えるために仕事を任せてくれていた人たちだ。心配してくれているのがよくわかる。生まれてから今日の日まで決して短いつき合いではない。

「あ、あのっ……」

アンリはとっさに遣いの男性を見上げた。

「お城には、ずっと住むことになりますか。ここにはもう戻れませんか」

「ジークフリート様は、アンリ様に城に上がっていただきたいとのお考えです。今の生活を離れる不安もおありでしょうが、あとのことは私たちにお任せください。どうぞ皆様にお別れを」

「あ…」

——ここを、離れる……。

突然のことに胸がざわっとざわめいた。城での暮らしなんて考えたこともない。村の仲間たちと離れたいわけでもない。ましてや生まれ育った家もある。

それでも、ここでためらっていては遣いをよこしたジークフリートが強引な人だと思われてしまう。なにより、もう一度彼に会えるなんて思ってもみなかったことだ。

運命の糸があるなら手繰ってみたい。

その先になにがあるのか見てみたい。

アンリは自分を落ち着かせるように深呼吸をすると、仲間たちの顔を眺め回した。

「ぼく、お城に行きます」

「アンリ」

「長い間、お世話になりました。ぼくが今こうしていられるのも皆さんのおかげです。ほんとうに、ありがとうございました」

代わる代わる抱擁され、やさしく背中を叩かれて、「元気でな」「忘れないでおくれよ」との餞別《せんべつ》の言葉をもらう。

それに最後の一礼をすると、アンリは遣いの男性に促されて馬車に乗りこんだ。他の男たちは御者と護衛にそれぞれ分かれ、護衛のふたりは馬に跨がり後に続く。御者の合図に従って二頭の馬は示し合わせたようにゆるやかに走り出した。

生まれてこのかた乗りものになんて乗ったこともないアンリにとって、目に映るすべてが珍しい。目を丸くして後方に流れていく景色を見ていると、向かいに腰を下ろした男性がふっと含み笑うのが気配でわかった。先ほど話した中老の男性だ。

彼はアンリの視線を受け止め、畏《かしこ》まって頭を下げた。

「これは失礼いたしました。ジークフリート様のお小さい頃を見ているようで……」

「ジークフリート様の？」

「王太子様が五歳の頃よりお仕え申し上げております。ゲオルクと申します」

長年側仕《そばづか》えをしてきたという彼は、灰色の口髭を揺らしながら目を細める。その上品な装いといい、優雅な振る舞いといい、村人たちとはまるで違うけれどとてもやさしそうな人だ。

「あの…、ほんとに、ジークフリート様はあの時の方なんでしょうか……？」

そろそろと訊ねるアンリに、ゲオルクはおだやかに微笑んだ。

「ぜひ、ご自分の目でお確かめくださいませ。きっと悪いことは起こらないと思いますから」

すべては会ってからのお楽しみというわけだ。

アンリは高鳴る胸を押さえながら再び車窓に目を向ける。

景色はやがて見慣れぬものへと変わり、然《しか》る後、馬車は王家の紋章を掲げた城門を潜っていった。

城内は、アンリの想像など軽く吹き飛ばすほどの豪華絢爛《けんらん》さに満ちていた。壁や柱、窓枠に至るまですべて金細工が施され、床なんて顔が映りそうなほどぴかぴかだ。階段の手摺《てす》りにすら見事な彫刻が設えられている。

——天国みたい……。

小さい頃、母親から聞いたことがある。人はこの世での仕事を終えると天の国に導かれるのだと。そこは飢えも痛みも苦しみもない、よろこびに満ちた世界なのだと。

今頃、両親はこんな景色の中にいるだろうか。病から解放され、貧しさとは無縁の場所に。

——そうだったら、いいな。

少しでもしあわせであってほしい。そして姉と姉の家族、それから自分を見守っていてほしい。

今は亡き両親に思いを馳せながらアンリはゲオルクの後を追う。

城内を行き交う人々は皆、彼のように立派な格好をしていた。あちこちに繕った跡のある服を着てキョロキョロしているなんて自分くらいだ。それでも、もの問いたげな視線に気まずさを覚えるより興味が勝る。うっかり触れたら壊してしまいそうで、調度品の類《たぐい》とはできるだけ距離を取ってそろそろと廊下の端の方を歩いた。

すぐ前を歩いていたゲオルクが立ち止まり、一際豪奢《ごうしゃ》なドアを指す。

「こちらでございます」

護衛らによって重たい扉が左右に開かれ、控えの間、そしてその奥に続く謁見の間へと促された。

中にはたくさんの人がいるようで、熱の籠もった雰囲気に一瞬押し戻されそうになる。意を決しておそるおそる足を踏み入れると、遠くの方に座っていた人物がつと立ち上がった。

「アンリ！」

「ジークフリート様」

ぱっと顔を輝かせてこちらを見たのは、あの夜のジークフリート、その人だ。

「また会えたな。あれからも変わりなく暮らしていたか」

彼を取り囲んでいた男性たちも皆いっせいにこちらを見る。それにしばし待つよう手で制すると、ジークフリートは大股で部屋を横切りアンリの目の前までやってきた。そうして長身を屈め、アンリの頬に自らの頬を寄せてくる。親愛の情を表す挨拶《あいさつ》だ。アンリの生まれ育った小さな村で習慣にしているものはいなかったけれど、子供の頃に『貴族ごっこ』と称して姉と遊んだことがあった。

「急に呼び立ててすまなかった。どうしても、おまえに礼をしたかったのだ」

「お礼…、ですか？　ぼくに？」

「おまえのおかげで命拾いをしたのだ。礼を尽くさずにどうする。……だが、それは表向きの理由で、本音を言えばもう一度おまえに会いたかったのだ」

そのため、森の周辺一帯でアンリという名の少年を探させたのだという。

親しげな様子に、先ほどまでジークフリートを囲んでいた男性たちも集まってきた。

「ジークフリート様。畏れながら、こちらの方は？」

「俺の命の恩人、アンリだ。狩りで野宿をした際に世話になった」

「さようでございますか。それはそれは……」

「今夜はアンリに礼がしたい。くれぐれも丁重にもてなしてくれ。それから、部屋の用意を」

「畏まりました」

ジークフリートの指示を受けて数人が謁見の間を出ていく。

それと入れ違いに、また別の男性たちがやってきて彼の前に跪いた。

「ジークフリート様。異国の貿易商が、ご高覧賜りたいと織物を持って参っております」

「どこの国のものだ。取り引きを期待してのことだろう。待たせている間に伝令を呼んで、相手国の情報を集めておけ」

「バーンスタイン伯が、かねてよりの件とのことで、直々にお話なさりたいそうですが……」

「灌漑《かんがい》工事の報酬のことだな。その件なら財務に一任していると伝えろ」

なんと忙しいことだろう。次から次へと謁見の取り次ぎが押し寄せる様に、アンリはぽかんとするばかりだ。誰も彼もがジークフリートの判断を仰ぎ、また興味を引きたいと願っている。

――――ほんとうに、王太子様なんだ……。

住む世界が違う人だということを頭では理解したつもりでいたけれど、ようやく実感としてそれを知った。こうしていると話すどころか、認知されることすら畏れ多く思えてくる。

そんなアンリの思いをよそに、ジークフリートは腹心のゲオルクを残してすべての家臣たちを退出させると、あらためてこちらに向き直った。

「待たせたな。これでやっと落ち着いて話ができる」

「は、はい……」

そうは言われたものの、じわじわと後ろめたさがこみ上げてくる。

あの洞窟の中でなら思ったことはなんでも言えた。なにも知らなかったからだ。

でも、今は――――。

片や王太子、此方《こなた》その日暮らしのただの庶民だ。本来であれば、こうして一対一で向き合うなんて許されない。彼は自分のことを『命の恩人』と言ってくれたけれど、そんな大層な扱いをしていらぬ気苦労を背負いこんだりしないだろうかと、考えれば考えるほど心配になった。

それに、あの夜の言動も反省しなければいけない。

自分ときたら勧められるまま食べものに手を伸ばし、お礼と言っては拙《つたな》い歌を聞かせ、最後は彼にあたためてもらいながらぐうぐう寝た。身分が天と地ほども違う人に失礼なことをしてしまった。

「ぼく……ジークフリート様にお詫びしなければなりません。知らなかったこととはいえ、あの夜は王太子様相手に失礼ばかりしてしまいました。どうかお許しください」

「アンリ？」

ジークフリートはわずかに目を瞠った後で、それから静かに首をふった。

「失礼なことをされたと思うのならば、それは俺の思い上がりが招いた結果だ。おまえは、俺が王太子と知っていたら助けなかったか？　火に当たらせ、服を乾かし、歌を歌ってはくれなかったか？　そうではないだろう。俺はおまえがしてくれたことそのものに感謝している。助け合う心に身分など関係ない」

「でも」

「あの時は、わざわざ語る必要もないと思ったのだ。人と人が向き合うのに邪魔になるだけだ」

きっぱり言われて面食らう。これまでずっと階級というのは絶対で、一生そこから逃げ出すことも、飛び越えることもできないものだと思っていたからだ。

それを、この国の王太子が真っ向から否定する。権力の頂上にいる人が。

「誰にでもそう言うわけではない。階級は合理的な社会を保つという考えもある。だが」

一度言葉を切ると、ジークフリートはまっすぐにアンリを見た。

「おまえは言ったな。なにものとも知れぬ俺を信じると。ずっと味方でいるのだと。……俺は、それがうれしかったのだ」

「ジークフリート様……」

自分の言葉ひとつひとつが彼の心に刻まれていたのだと知って、じわじわと胸があたたかくなる。彼はそれを王太子としてではなく、ひとりの男として受け止めてくれたのだ。アンリ自身がそうしたように。

——あぁ、そうか……。

目の前にいるのは王太子ではあるけれど、それ以前に、ジークフリートというひとりの男性なのだ。それがすとんと落ちてくると同時に、肩の力がふっと抜けた。

「あらためて名乗ろう。俺はジークフリート・フォン・ラインヘルツ。この国を統べる王の子だ」

右手を差し出され、ドキドキしながら握手に応じる。先ほどの頬を触れ合わせる挨拶もそうだが、こうした畏まった振る舞いは村ではまったくしたことがなかった。

今頃、村中がアンリの話題で持ちきりだろう。自分たちの中から城に招かれるものが出るなど前代未聞だ。次期国王となにを話すのかと噂話《うわさばなし》に花が咲いているに違いない。

なにげなくそう言うと、ジークフリートの表情が幾分強張《こわば》った。

「俺は王太子という立場ではあるが、正式な王位後継者に決まったわけではない。次期国王と言うのは時期尚早だ」

手で椅子を指され、座るように促される。

アンリが腰を落ち着けるのを待って、ジークフリートは静かに話しはじめた。

「国王の息子ともなれば、いずれは王位を継ぐと思うかもしれないが、この国では事情が違うのだ。アドレアは五人の領主がそれぞれの領地を治めているという話、覚えているか」

「はい。もともとはひとつだった血筋が五つに分かれて、今に続いていると教えていただきました。皆さん、ジークフリート様と同じように獣人でいらっしゃるんですよね」

「あぁ、それぞれの獣属性は異なるがな。いずれにせよ、五人の中から次の王が決まる」

「……それってもしかして……継承戦争が起きたりするんでしょうか」

自分で口にしながら怖くなる。

「可能性としてなくはないが、これまでは話し合いで解決してきた。王として即位した後も領主たちとは密に連携していかなければならない。常に協力し合うことでこの国は成り立っているのだ。他の四人をまとめ、国を統べるのが王の役目だ」

「それに最もふさわしいお方が、我らがジークフリート様なのですよ」

それまで黙って控えていたゲオルクが横から口を挟んだ。

「王太子様として国王陛下をお支えしながら、国の中央で立派に政治経済の中心を担っておいでです。陛下が病の床に就かれてからというもの、これを好機と見た敵国が挑発をくり返すなど看過できない事態も起こり……自国内の課題と周辺諸国とのパワーバランスの調整に日夜取り組まれております。さらに四人の王子様方とも良好な関係を保っていらっしゃる。文武両道に秀でたジークフリート様がご即位なされた暁には、臣下や領民たちはどんなにか誇らしく、またよろこびますことか……」

民衆の間でジークフリートは『玉座に最も近い男』と呼ばれているのだそうだ。

得意げに語るゲオルクに、さすがのジークフリートも困ったように眉根を下げた。

「だが俺は、まだ継承の俎上《そじょう》にも上がっていない。それは誰もが知るところだ」

「なんと歯痒《はがゆ》いことでございましょう。運を天に任せるしかないなど……」

「それが王となるものの宿命だ。嘆いていてもしかたあるまい。無論、俺も諦めたわけではないぞ」

ジークフリートは嘆く腹心を静かに諭すと、あらためてこちらに目を向ける。

「このとおり、俺は王族の血こそ引くものの、まだ正式には継承者として認められていない立場だ。王位を継ぐというのは、それだけ国にとって大きな意味を持つことだからな。備えねばならぬ資質もあれば、揃えねばならぬ条件もある」

「資質と、条件……？」

「資質とは、大きく言えば五家の血を引く獣人であることだ。戦闘と防御に優れ、周辺諸国との関係強化に尽力できるものが望ましい」

「では、一方の条件とはどんなものですか？」

訊ねた途端、ジークフリートの表情がわずかに曇った。

「それは、王子の一存だけでは決められない。……いや、誰にも決めることはできないと言うべきか。第三者の協力が必要なのだ。そのものに強いられる責任は重く、おそらくは負担も大きい」

「そうなのですね」

自らの躍進のために大変な任を負う相手が必要となれば、確かに条件を満たすことは難しそうだ。

「でも、その条件が揃ったら、ジークフリート様は継承者として認められるのですか」

ですよね」

「そうしたら、国王陛下になるかもしれないんですよね。最もふさわしいのがジークフリート様なん
ゲオルクを見ると、彼は髭を揺らしながら頷いた。

「今から戴冠式が待ちきれない思いでございます。王の即位は〈アドレアの祝祭〉と呼ばれ、ひと月もの間、国内外からたくさんの方々をお招きして盛大に祝うのでございますよ」

現国王の祝祭もそれはそれは素晴らしかったのだそうだ。当時から仕えていたであろうゲオルクが懐かしそうな顔をするのを、ジークフリートもまた目を細めて見遣った。

「王と認められたものは、即位によって特別な力を授かり〈聖獣〉となる。それを祝う儀式なのだ。この国を護る力を得たと皆に知らしめるためにな」

「ジークフリート様がこの国を護ってくださったらきっと安心ですね。ぼくは、ジークフリート様に聖獣になってほしいです」

「――――」

心から思ったままを言ったのだけれど、その瞬間、なぜかジークフリートが息を呑んだ。

「……え？」

本意を探ろうとするように瞬きもせずに見つめられ、アンリも思わず息を止める。そうやって目を合わせていたのは実際には短い時間だったのだろうけれど、アンリにはそれが歌をひとつ歌うよりももっと長いように感じた。

ジークフリートの唇がなにかを言おうと微かに開く。

けれど、少しの逡巡《しゅんじゅん》の後、彼は自らを戒めるように唇を引き結んだ。

「運命がそれを決める。もう一度奇跡が起こることを、俺は心から期待している」

それはどういう意味だろう。

気になったものの、なにかを覚悟しているような表情を前におそれと訊ねることもできず、結局それきりになってしまった。


その夜、アンリのために宴《うたげ》が催されることになった。

支度として湯浴みをさせられ、侍女たちにあれこれと世話を焼かれながら新しい服を身につける。髪まできれいに整えられた結果、鏡に映った自分はまるで別人のようになった。

――これが、ぼく……？

そわそわとしていたのだろう。後ろから服の皺を直してくれた侍女が小さく噴き出す。

「アンリ様。少しじっとしていてくださいませ」

「あっ、ごめんなさい。こんな素敵な服、はじめてで……」

つるつるとなめらかな手触りからして絹というものだろうか。生まれてこのかた触れたこともないほど上等な生地だ。

「これは縫うのが大変でしょうね」

どんなに細かく針を入れても縫い目がわかってしまいそうだ。汚したり、ましてや破いたりしないように気をつけなければと緊張するアンリに、侍女は「どうぞご心配なく」と微笑んだ。

「毎日新しいものをご用意させていただきます。アンリ様にはなに不自由なくお過ごしいただくようにとのジークフリート様のご命令です」

「え？　毎日？　……え？」

聞き間違いかと目を丸くしていると、不意に部屋のドアがノックされた。

「やぁやぁ。お迎えに上がりましたぞ、アンリ殿」

威勢のいい声とともに黒尽くめの男が入ってくる。芝居がかった調子で恭しく頭を下げるその顔にはどこか見覚えがあった。確か、ゲオルクと一緒に馬車で迎えにきてくれたうちのひとりだ。褐色の肌に馴染《なじ》む黒の巻き髪がなんともエキゾチックで人目を引く。

驚きのあまりアンリが固まっているのを見て取ったか、彼は精悍な顔つきを崩して笑った。

「ヴィゴと申します。ジークフリート様の忠実な僕《しもべ》にして良き遊び相手とはこの私のこと」

狩りには欠かさずお伴をするそうで、あの嵐の日も一緒に出かけていたのだそうだ。

「すごい雨でしたね。あの日は大変だったでしょう」

「いやいや、なんのあれしき……と言いたいところですが、いやぁ、あれには参った。ジークフリート様がご無事でなによりでした。アンリ殿には感謝してもしきれぬところ」

ヴィゴの最敬礼にはウインクのおまけつきだ。それを見て侍女たちもくすくすと肩を揺らした。

「さぁ、それよりもこちらへ」

促されるまま、王族の食堂へと連れていかれる。

部屋に一歩足を踏み入れるなり、アンリは思わず息を呑んだ。それなりに心構えをしていたものの、大食堂の見事さは想像を遥《はる》かに凌ぐものだったからだ。

テーブルの上には色とりどりの花が飾られ、銀の食器が蠟燭《ろうそく》の灯《あか》りに輝いている。高い天井からは眩《まばゆ》いシャンデリアがぶら下がり、壁に飾られた肖像画たちが長い歴史の積み重ねによる血筋と伝統を伝えていた。

そんな中、美しく着飾った男女がずらりと席に着いている。その光景にすっかり圧倒され立ち尽くしていると、アンリに気づいたジークフリートがおもむろに席を立った。

「我が恩人の歓迎の席にお集まりくださりありがとうございます。伯父上たちには以前お話ししたことがありましたね。嵐の夜に俺を助けてくれたアンリです。……さぁ、アンリ。こちらへ」

長テーブルの一番向こう、短辺に座っていたジークフリートの隣に招かれる。そちらへ向かう間も、椅子にかけてからも、頭の天辺《てっぺん》から足の先までたくさんの視線が向けられた。

「父上は体調が優れない。また折を見て紹介の機会を作ろう」

ジークフリートがアンリだけに聞こえる声で耳打ちしてくる。国王に目通りをするだなんて滅相もないと辞退しようとするも、ジークフリートはそれを笑顔でいなして近くに座る人たちにアンリの紹介をはじめた。

伯父に当たるという人は赤ら顔で恰幅《かっぷく》が良く、にこにことしているのに対して、その妻はアンリが庶民と聞いて気難しそうに顔を顰めている。叔母やその夫は様子見というように曖昧に微笑み、従兄《いと》弟《こ》らは小声で囁《ささや》き合いながらジークフリートとアンリを交互に見た。

もの珍しげな視線に混じって、品定めをするような眼差しがチクチクと刺さる。この場にふさわしくないと言われているようで、わかっていても少し堪えた。

それでも、せっかく晩餐《ばんさん》に招いてもらったのだ。感謝して応じなければ罰が当たる。

自分にそう言い聞かせながら給仕に飲みものを注いでもらう。酒は呑めないので葡萄《ぶどう》水だ。葡萄の果汁に蜂蜜やクローブなどの香料を加えた飲料で、村にいる時も皆でよく拵《こしら》えたものだった。

「今宵《こよい》の糧に感謝を」

王太子が杯を掲げるのに合わせて宴がはじまる。

いっせいにカトラリーが取り上げられ、食器の触れ合う音に混じって賑やかなお喋《しゃべ》りや笑い声が細《さざ》波《なみ》のように広がっていった。

その光景たるや、まるで夢を見ているようだ。王族の晩餐はなんて豪華できらびやかなのだろう。こんなご馳走《ちそう》など生まれてこのかた見たこともなければ、こんなに大勢の人たちと食卓を囲んだこともない。ナイフとフォークを器用に使って食べものを口に運ぶ様といったら驚くほど上品だ。

すっかり雰囲気に呑まれていると、横からジークフリートが話しかけてきた。

「アンリ。おまえは鹿肉が好きだったろう。伯父上は鹿狩りの名手でな」

「ははは。昔の話だよ。なにせ今は食べるので大忙しだ」

ジークフリートに話をふられた男性は大きな身体を揺らしながら朗らかに笑う。

「ですが、小さな頃はヴィゴとともによく連れていっていただきました」

「そうだったな。おまえたちはふたりとも上手に獲物を仕留めたものだった。ならばうまい食べ方も知らなければ。鹿にはラズベリーのソースがよく合う……そうそう、まさにこれだよ」

タイミング良く出された皿を彼が拍手とともに迎えると、それを見ていた一同がどっと笑った。

和やかな空気の中、アンリも見よう見まねで食事をする。彼らのように上品にとはいかなかったけれど、それでもおいしい夕食を心ゆくまで堪能した。

やがて男性たちは食後酒を楽しむために席を立ちはじめる。別の部屋に移動するのだそうだ。アンリもぜひにと誘われたが、お礼の気持ちだけ伝えてそれを辞した。

「すみません。楽しくて胸がいっぱいで……。少し風に当たってきてもいいですか」

「それなら誰か伴《とも》を」

「大丈夫です。近くを歩くだけですから」

こう見えても方向感覚には自信がある。ひとりでもちゃんと部屋へ戻れるからとジークフリートに約束してアンリはひとり食堂を出た。

お腹を擦《さす》りながらゆっくりと長い廊下を歩く。それにしても、お城とはどこもかしこも美しいものだ。見上げているだけでため息が洩れてしまう。もの珍しさも手伝ってあっちへふらふら、こっちをキョロキョロしながら歩いているうちに、ふと、小さなドアに行き当たった。

誰かが閉め忘れたのか、ほんの少しだけ扉が開いている。興味を引かれて覗きこんでみたところ、室内には家具らしきものもない。よく見れば、部屋の真ん中になにかがポツンと置かれていた。

「鳥籠……？」

月に一度だけ立つ市《いち》に都の商人が持ちこんでいるのを見たことがある。目の高さで鳥を愛《め》でられるよう長い脚がついていて、中には鳥の置物まで入れてあった。変わったことをする人もいるものだ。

なんとなく気になって薄暗い部屋に足を踏み入れる。

鳥籠を覗きこむと、金属製の小鳥はとても生き生きとして今にも動き出しそうに見えた。首を傾げ、じっと耳を澄ませている。その姿がいつも自分の歌を聞く森の動物たちを彷彿とさせ、無意識に歌の一節を口ずさんだ時だった。

コト、と鳥が動いた。置物の鳥が。

「え？　え？」

目を丸くするアンリの前で、小鳥は長い眠りから覚めたようにゆっくりと右の羽根を伸ばし、それから左の羽根も伸ばし、二度、三度と左右に首をふってからまっすぐにこちらを見上げた。

「わぁ！」

動いた。まるで本物の鳥のように。

ドキドキしながら鳥籠に顔を近づける。注目されたのがうれしいのか、鳥は何度も得意げに身体を揺すってみせた。その身体はいつの間にか鮮やかな金色に変わっている。

「なんてきれいな羽根……」

幸運の象徴のような羽根色に、桃を思わせる嘴《くちばし》と脚の色が映えてとてもきれいだ。褒められているのがわかるのか、小鳥はつぶらな瞳をきらきらと輝かせながらアンリを見上げた。これまで多くの動物と触れ合ってきたけれど、こんなに美しい鳥は見たことがない。きっと、これがジークフリートの言っていたカナリアなのだろう。

とても美しい声で鳴く、金色の鳥。

もう一度、小さな声でもう一節だけ歌ってみた。小鳥は「もっと」とねだるようにじっとこちらを見上げている。アンリは応えるために目を閉じると最初から厳かに歌いはじめた。

祖母から母へ、母からアンリへ受け継がれてきた歌。自分と動物たちをつなぐものでもある。

すると、歌いはじめてすぐ「リリリリリ……」という軽やかな声が重なった。慌てて目を開ければカナリアが楽しそうに囀《さえず》っているではないか。

――チュイー、チュイー……。リリリリリ……。

何度もくり返すうちにメロディまで覚えたのか、カナリアはアンリに合わせて楽しそうに鳴いた。これまで自分が鳥に歌を聞かせることはあっても、こうして一緒に歌うことはなかったから新鮮だ。カナリアと心が通じ合ったみたいですごくうれしい。

音の出し方に表情をつけて。音の伸ばし方に変化をつけて。互いが互いを追いかけ合い、あるいは重なり合いながら、どれくらいそうしてデュエットを楽しんでいただろう。

不意に、バタバタと足音が近づいてきたかと思うと、部屋のドアが開いてジークフリートが入ってきた。後ろにはゲオルクやヴィゴの姿も見える。アンリが歌うのをやめた途端、カナリアもピタッとおとなしくなった。

「その鳥が、歌っていたのか」

ジークフリートが昂奮気味に訊ねてくる。嵐の夜、歌を聞かせた時と同じ反応だ。

「は、はい。……あの、勝手に部屋に入ってすみませんでした。なんだかとても気になって……歌を歌ったらこの子が動いて、そして一緒に……」

しどろもどろで要領を得ない説明にもかかわらず、ジークフリートはなぜか感極まったように熱いため息をついた。

「やはり、おまえだったのだな。俺が会わせる前から自然と引き合うとは、まさに運命に違いない」

そう言って目を細めた彼は籠の中の鳥を見下ろす。小鳥はいつの間にかもとの真鍮《しんちゅう》に戻っていた。

「あれがおまえのほんとうの姿だったのだな。長い間、閉じこめていてすまなかった」

置物の鳥に向かってあたかも人に対するように詫びた後で、彼は再びこちらに向き直る。

「奇跡の瞬間に立ち会えたことを光栄に思う。おまえが迷子にならないよう、少し離れたところからヴィゴに見ていてもらったのだ。そうしたら、まさか……。頼むアンリ。もう一度カナリアを歌わせてくれ。俺たちもこの目で見たいのだ」

「は……、はい」

昂《たか》ぶりを懸命にこらえようとするジークフリートは真剣そのものだ。ゲオルクは胸の前で祈るように両手を組み、ヴィゴなどごくりと喉を鳴らしている。そんなに見たいのならと、勢いに押されながら真鍮の小鳥に話しかけた。

「もう一度、ぼくと一緒に歌ってくれる？」

アンリの声を聞いた瞬間、小鳥がふっと目を覚ます。それを見たジークフリートたちはいっせいに「おおっ」と響《どよ》めいた。

そんな大人たちの動揺をよそに、カナリアは右に左に首を傾げて楽しげだ。かわいらしい仕草に頬をゆるめながらアンリは歌の続きを歌いはじめた。すると小鳥もすぐにそれに続く。

――チュイー、チュイー、リリリリリ……。チュイー、リリリリリ……。

何度聞いても美しい声だ。その歌声に包まれているだけで天から一筋の光が差すような、目の前が開けていくような、得も言われぬ心地になる。

ゲオルクたちも同じことを思ったのだろう。目を潤ませながらジークフリートの前に跪いた。

「ついに……ついに、奇跡は起きたのでございますね」

「神が我らの祈りを聞き届けてくださったのです。我らがジークフリート様こそ、栄誉の冠にふさわしいのだと」

「神に感謝を。王太子様に幸運を。誠におめでとうございます、ジークフリート様」

ゲオルクたちだけでなく、騒ぎを聞きつけて集まってきたものたちも皆、ジークフリートに祝福を捧げながら跪く。カナリアが鳴いただけで大変な騒ぎだ。

呆気《あっけ》に取られていると、ジークフリートが熱を帯びた目でこちらを見た。

「アンリ。おまえに大事な話がある」

「はい」

護衛たちに待機を命じたジークフリートによって庭園へと連れていかれる。

ふたりきりだからだろうか、それとも夜のせいだろうか。庭はシンと静まり返っており、土を踏む足音がやけに大きく聞こえた。ふと甘い香りが鼻孔をくすぐる。顔を上げると、真っ白な花が月光を受けてほのかに輝いているのが目に入った。

「あの花が好きか」

「森では見たことがなかったもので……。お城には、ぼくの知らないものがたくさんあります」

この花もカナリアも、今まで一度も見たことがなかった。鹿肉も葡萄酒も、豪奢なシャンデリアも金細工も、絹の服も二頭立ての馬車もなにもかも。

勢いこんでそう言うと、ジークフリートはなぜか一瞬言葉を呑む。

「森を恋しく思うか。生まれ育ったところに帰りたいと思うか」

「え？」

「……座ろう。長い話になる」

指差されたベンチに並んで腰かけると、ジークフリートは前を向いたまま静かに話しはじめた。

「あの鳥は、戦いを勝利に導くと言われるカナリアだ。あれを歌わせることができる力を持つものは幸運を引き寄せる〈幸運の番《つがい》〉であると言い伝えられている」

「幸運の、番……？」

「そうだ。あの鳥は、もとは真鍮だったろう」

「あ、そう…、そうなんです。それなのに、ぼくが近づいたら急に動いて……」

「それはおまえが選ばれた〈幸運の番〉だからだ。あれにとっては生涯を託す相手と言ってもいい。おまえが目覚めさせるまで、城の人間は誰ひとり生きて動くところを見たことがなかった」

「ほんとうですか」

　思わず目が丸くなる。

　ジークフリートは頷くと、どこか遠くを見るような目で庭を眺めた。

「この国の王は、五人の王子の中から選ばれると前に話したことがあったな。国の平和は聖獣の王とその聖なる番によって守られている。王子は俺も含めて皆獣人だが、五人の番は人間だ」

　聖なる番とは人智を超えた存在であり、不思議な力を宿して生まれてくるという。

「幸運を引き寄せるものや、未来を読み取る力を持つもの——それぞれの能力から〈幸運の番〉や〈予言の番〉などと呼ばれている」

　他にも、運命を切り拓《ひら》く剣をふるう〈運命の番〉や、火を噴く手乗りドラゴンを操る〈守護の番〉、星の軌道を操り宿命を変える〈宿星の番〉がいるそうで、番たちは運命の導きによって各々の半身となる王子に巡り会う。王子は番の力を得て領地を治め、ひいては国を護るのだそうだ。

「すごいですね。そんなにいろいろ……」

「五人の王子には領地に応じてそれぞれの役目が与えられている。五人の番にはそれを補佐する力が授けられているのだ」

とはいえ、王子も番もお互い人の心を持つ生きものだ。巡り会った相手と気が合えばなによりだが、中には反発し合ったり、一方的な従属関係になってしまうこともあるという。それでも関係を断つことはできないのだそうだ。

「お互い、辛くないんでしょうか」

「傍《はた》から見れば理解しがたいこともあろう。だが、一対には、それぞれにしかわからない信頼関係がある。どれだけ反発し合っていてもな。そんな強い絆《きずな》で結ばれた対が俺には少しうらやましい」

ジークフリートが目を伏せる。

「それだけ、一対であるということは絶対なのだ。番を持たない王子は王位継承に名乗りを上げることができない。国を護る聖獣となる資格がないからだ」

「あ、だから……」

ようやくのことで合点がいった。彼が自分のことを「正式な王位後継者ではない」と言ったのは、番を得ていなかったからだ。

――おまえが選ばれた〈幸運の番〉だ。

「あ！」

すべてがつながる。

大きな声とともに顔を向けると、ジークフリートがまっすぐにこちらを見ていた。

「理解できたか」

「はい。でもまさか、ぼくが王太子様の番だなんて……」

信じられない。カナリアは目覚めてくれたけれど、そして一緒に歌ってもくれたけれど、それでもまだ話を呑みこみきれずにいる。

そんなアンリを見て、ジークフリートはそっと目を眇めた。

「このことをおまえに告げるべきか、少し迷った」

「え？　だって、ずっと探していたって……」

「そのとおりだ。気の遠くなりそうなほど、ずっとおまえだけを待っていた」

熱を帯びた声にドキッとなる。

「嵐の夜に歌声を聞いて、おまえこそ〈幸運の番〉だと確信した。やっと巡り会うことができたと」

「それならなぜ、そのまま連れていかなかったんですか。わざわざお迎えをくださって……」

王太子の命令に背くわけがない。そうすれば迎えの手間もお金もかからなかっただろうに。

そう言うと、ジークフリートは「それではいけない」と首をふった。

「言ったろう。一対というのは特別な信頼関係で結ばれるものなのだ。好き勝手に扱っていいわけがない。ましてや命の恩人にそんな無礼な真似などできようか」

「ジークフリート様」

「それに、おまえは自分の暮らしをとても大切にしていた。生まれ育った森を、村を、そこで得た仕事を、おまえは誇りにしていただろう。周囲の人間にとってもおまえは大切な存在のはずだ。それを一方的に奪うことはできない」

「あ…」

もしかして彼は、わざわざ迎えの馬車をよこすことで別れの機会を作ってくれたのだろうか。アンリが世話になった村人たちにこれまでの礼を伝えられるように。

「ジークフリート様は、おやさしい方ですね」

心から思ったままを伝えたのだけれど、ジークフリートは顔を歪《ゆが》めた。

「俺が今なにを考えているか知っても、同じようにそう言えるか」

「え？」

「俺は、おまえをもといたところから引き離そうとしているのだ。家を捨てさせ、城に縛りつけて、負担の大きな番にさせようとしている。それを知っても同じように思えるか」

「ぼく、は……ぼくは、ジークフリート様に聖獣になってほしいと言いました。ジークフリート様がこの国を護ってくださったら安心して暮らせると思うから。その気持ちに変わりはありません」

「だがそれは、おまえに負担を強いることになる。責任の重さは計り知れない」

これまで他の番たちを見てきた彼が言うのだ、間違いないのだろう。そして王太子であるジークフリートの番になるということは、都を護るものとしてさらに多くのことを期待されるはずだ。

思わず武者震いをしたアンリを見て、彼は申し訳なさそうに頭をふった。

「すまない。おまえに決めろと言うのが土台酷な話なのだ」

「いいえ。訊いてくださってうれしかったです。だって、ほんとうは運命で決まっていることなんですよね。だから、ぼくの意思を訊ねる必要なんてないんですよね。それでも訊いてくださったのは、尊重しようとしてくれているからじゃないかなって……」

「アンリ」

ジークフリートが目を瞠る。それからそろそろと息を吐くと、やがて静かに首をふった。

「おまえは不思議だ。なにも知らないと言うくせに、なにより物事をわかっている」

「そんなことはありません。ぼくはなにも」

「謙遜することはない。俺の前ではそのままのおまえでいろ」

命令のような口調でありながら、それがジークフリートの心からの言葉だと伝わってくる。だからなんだかうれしくなって、アンリは「ふふっ」と笑みを洩らした。

「やっぱり、ジークフリート様はおやさしい方です」

「そんなことを言うのはおまえぐらいだ」

ジークフリートもふっと表情をゆるめる。

だがそれも一瞬のことで、彼は大きく息を吸いこむとまっすぐにこちらを見下ろした。

「アンリ。〈幸運の番〉として、俺と一対になってくれるか。おまえを俺の番として皆に紹介しても構わないか」

焦げ茶の双眸が熱を帯びる。

はい、と言いかけて、夕食の席で投げかけられた値踏みするような視線が脳裏を過った。

——あ………。

その瞬間、頭から冷や水を浴びたようにはっとなる。庶民階級の自分を胡散臭《うさんくさ》いものを見るような目で見ていたのはひとりではなかった。

どんなに運命で引き合わされたのだとしても、自分たちは王族と庶民だ。本来は親しくなるどころか出会うことも、話すことも、目を合わせることすらしない相手だ。彼らの反応も無理はない。

自分のような身分の低い人間を番に迎えたりしたら、ジークフリートが困るのではないだろうか。番を得て、王位継承権を獲得できたとしても、玉座のためならなりふり構わぬ王だと後ろ指を指されたり、心ない声を矢のように浴びるのではないだろうか。

「ぼくなんかを番にしたら、ジークフリート様のお名前に傷がついてしまうかもしれません」

「どういう意味だ」

問われたものの、彼を傷つけずに答えるにはどう言ったらいいかわからずに下を向く。

「無理に言葉にせずともよい。おまえの言いたいことはわかる。俺を気遣ってくれていることもな。……だが、己を蔑むのだけはやめてくれ。おまえの出自とおまえ自身の価値はまったく別のものだ。俺は、おまえの心と話をしている」

「あ…」

「ひとりの男として向き合いたい。どうか、一対としてこれからの俺を支えてくれ。この国を護るために力を貸してくれ。そうやって実績を作っていけば人は必ずついてくる」

彼が心からそう言っているのが痛いほどわかる。

それでも一度我に返ってしまったからか、踏み出す勇気がなかなか出なかった。ジークフリートを支えるために、この国を護るために、自分はなにをすればいいのだろう。

「あの……お恥ずかしい話ですが、ぼくは世の中のことがまだよくわかりません。お城での作法も、この国の成り立ちも……。そんな状態で番になってもきちんとお役に立てるか不安なんです」

思いきって打ちあけると、ジークフリートはなんでもないことのように頷いた。

「ならば、仮の番というのはどうだ」

「仮の？」

「それならそう重荷に感じることもあるまい。しばらくの間、ここで暮らしながら様々なことを学ぶといい。自然と心構えもできよう。そうして運命を受け入れてもいいと思えたら、その時はもう一度向き合ってみてくれないか」

「いいんですか。そんな我儘《わがまま》……」

「我儘なものか。おまえの人生を変える決断を迫っているのだ。……どうだ。引き受けてくれるか」

祈るような眼差しが月光に濡れて光る。

病の父を支え、四人の王子たちをまとめ、崩れかけたパワーバランスをなんとか正常に戻すべく、国の中心として日夜奔走しているジークフリート。双肩にたくさんのものを背負いながら、それでもへこたれることなくまっすぐ前を向こうとする彼の役に立てるのなら。

「ご迷惑ばかりおかけしてしまうかもしれませんが、一生懸命、頑張ります」

「アンリ。ならば」

「はい。よろこんでお引き受けします」

答えた瞬間、ジークフリートの纏う空気が変わる。彼は両手でアンリの右手を取ると、大切な宝物を戴《いただ》くようにそっと額に押し当てた。

「アンリ。我が運命……。心から感謝する」

彼の手が微かにふるえていたことを、自分はきっと一生忘れないだろう。

――――気の遠くなりそうなほど、ずっとおまえだけを待っていた。

ジークフリートの言葉が甦《よみがえ》る。彼がどれほど運命を待ち焦がれていたのか、痛いくらいに伝わってきた。

こんなにもヒリヒリとした渇望をこれまで味わったことがない。家族に愛され、隣人にも恵まれ、貧しいながらもその日その日をどうにかこうにか生きてきた。強くなにかを求めたことも、求められたこともなかった。

自分は、それだけの強い思いに応えられるだろうか。ほんとうに役に立てるだろうか。ただでさえ分不相応な身分によって却って迷惑をかけてしまうかもしれないのに、そんな自分に実績なんて作れるだろうか。

不安に揺らいでしまいそうになり、アンリは己を鼓舞するためにぎゅっと唇を引き結んだ。

ジークフリートは言ってくれた。そのために必要なことをここで学べばといいのだと。今はまだ右も左もわからないけれど、少しずつ知識と経験を積み重ねることで、いつか、彼に応えられる自分になれるはずだ。

――頑張りたい。頑張ろう、ジークフリート様のために。

心の中でそっと誓う。

ふたりのこれからを照らすように月が皓々《こうこう》と輝いていた。

＊

〈幸運の番〉が見つかったという話は瞬《またた》く間に城内を駆け巡った。

長年番を待ち侘《わ》びていたのは彼らも同じだ。身分の低いアンリを疎ましく見ていた人々の中には、アンリが〈幸運の番〉だと知るや、手のひらを返したように猫撫で声で擦り寄ってくるものもいた。正直なところ複雑な思いはあるけれど、それでも敵視されるよりはずっといい。

王太子の番候補として城で暮らすことになったアンリには、正式に離宮が宛がわれた。

これ以上余計な詮索が及ばないようにとのジークフリートの配慮からだ。城の敷地内にある離宮は城に比べて規模も小さく、地上二階しかない簡素な造りの建物だが、アンリには持て余すほど立派なものだった。

「おはよう。ノア」

いつものように身支度を調え、小鳥に向かって話しかける。

アンリがやってくるまでは城から出したことがなかったというカナリアだが、一緒にいる方が仲良くなれるだろうとジークフリートが離宮で飼うことを許してくれた。真鍮の鳥を目覚めさせた、言わば親代わりとしてこうして名づけまで許された次第だ。

アンリに呼ばれた時だけノアは生きている鳥に変化する。ちょんちょんと跳ねながら寄ってきて、甘えた声で「リリリ……」と鳴くのだ。

「かわいいねぇ」

見ているだけで頬がゆるむ。ノアも褒められてうれしいのか、アンリの手に頭を擦り寄せるようにして甘えてくる。そうやってふたりの時間を楽しんでいると、トントンとドアがノックされた。

「おはようございます、アンリ様。よくお休みになれましたか」

ゲオルクが顔を覗かせた途端、内気なカナリアはさっと真鍮に戻ってしまう。

「ごめんなさい。この子、とてもシャイみたいで……」

「ふふふ、そのようでございますねぇ。ですが、私たちにはそちらの方が見慣れた姿でございます。アンリ様によく懐いているようで、いやはや、なんとも微笑ましい」

ゲオルクはおだやかに微笑んだ後で、「さて」と仕事用の顔になった。

「楽しい時間をお過ごしのところ誠に申し訳ございませんが、本日のご予定をお伝えに参りました。まずは国王陛下に謁見を。陛下は今朝は体調がよろしいとのことで、特別にお時間をいただくことになりました」

「……え？」

「ご挨拶が済みましたら、その後は軍事関係者に紹介なさりたいとジークフリート様がおっしゃっておいでです。アンリ様が正式に〈幸運の番〉となった暁には、ジークフリート様とともに密に連携を取っていただく必要がございますからね。それらが全部終わりましたら、わたくしと今後のお勉強についてご相談をいたしましょう」

「あ、あの……」

「さぁ、お支度を」

ゲオルクの合図とともに侍女たちがやってきて、有無を言わさず謁見用の正装に着替えさせられた。あれよあれという間に連れていかれた控えの間にはすでにジークフリートがいて、重臣たちとなにか話している。自分と一緒に行ってくれるのだと聞いてほっとした。

「どうぞ、こちらでございます」

王の間へと続く美しい装飾の施された扉が開かれると、真っ先に虎の紋章が目に飛びこんできた。アドレアの国章だ。一際高くなった位置には玉座があり、中央には威厳を湛《たた》えた男性が、その少し後ろに楚々《そそ》とした女性が座っている。

ジークフリートはその前に進み出るなり、優雅な仕草で最敬礼を捧げた。

「父上、母上。ご機嫌麗しく存じます。本日はぜひともご紹介したいものがおり、連れて参りました。お目通りの機会をいただきましたことを感謝いたします」

ジークフリートに目で促され、畏敬の念と緊張にふるえながらもアンリは思いきって一歩踏み出す。そして彼がしたように国王に深々と頭を垂れた。

「ご、ご機嫌麗しく存じます。お目にかかれて光栄です。国王陛下」

「そなたか。ジークフリートの番の候補というのは。……どれ、顔を見せてみよ」

威厳のある低い声におずおずと顔を上げる。

目が合ったのは、ジークフリートによく似た堂々とした人だった。長らく病の床にあると聞いていたとおり頬は痩《こ》け、首も手もかなり細い。それでもその双眼だけは力強さを失うことなく生き生きと輝いていて、見ているだけで吸いこまれそうだ。

――これが、ジークフリート様のお父様……。なんとご立派な方だろう……。

アンリの眼差しを受け止めた国王は、ややあって小さく頷いた。

「良い目だ。利発そうな青年ではないか。頼もしく思うぞ、ジークフリート」

「ありがたきお言葉」

ジークフリートが一礼するのに合わせて慌てて頭を下げていると、今度は国王の斜め後ろに座っていた皇后が「そなた」と声をかけてきた。

「名はなんというのですか」

「アンリと申します。皇后陛下」

「アンリね。カナリアを歌わせたと聞いていますよ。小鳥をかわいがってくれていますか」

聞けば、彼女は王の番でもあるのだそうだ。

かつてふたりは力を合わせ、幾度も国を救ってきた。〈幸運の番〉だった皇后は彼女のカナリアをとてもかわいがっていたものの、聖獣である王が病に伏したせいか、あるいは番ともども歳を取って力が衰えたせいか、最近では生きた鳥の姿になることもなくなってしまったのだという。

「あの子はそなたの鳥の先代に当たります。ネルという名の……それは良い声で鳴いたのですよ」

「かわいらしいお名前ですね。皇后陛下にかわいがられて、きっと楽しい時を過ごしたのでしょうね。ぼくも、カナリアにはノアと名をつけました」

「まぁ。そなたも」

「はい。ぼくの大切な友達ですから」

そう言うと、皇后はうれしそうに淡いグレーの目を細めた。

「そう。あの頃の自分を見るようだわ。……ふふふ。わたくしたちは気が合いそうね」

「もったいないお言葉でございます」

慈愛に満ちた眼差しに胸がふわっとあたたかくなる。

――ジークフリート様のお母様も、とてもおやさしい方だ……。

まさに国母と呼ぶにふさわしい笑顔に尊敬の念を抱きつつ、アンリはジークフリートとともに王の間を後にした。

「さぁ、次はアドレア軍の要に会わせよう」

彼らを待機させているという会議の間に赴くと、王太子到着の声に全員がいっせいに立ち上がった。屈強な男たちが忠誠を誓ってジークフリートに最敬礼を捧げる。彼らは陸海軍の司令官や大尉、中尉など、いずれも百戦錬磨の強者《つわもの》たちなのだそうだ。

ジークフリートは敬礼を解かせると、一同の顔を眺め回した。

「先ほど国王陛下に目通りを済ませた。よって、正式に皆に伝えておこう。番候補となったアンリだ」

途端に「おおっ」という響めきが起こる。

「このお方が、次代の〈幸運の番〉でいらっしゃるのですか」

「そうなることを望んでいる」

その瞬間、空気が熱を帯びたのがアンリにもわかった。波を打ったように男たちが次々に跪く。

「尊いお方。待ち侘びておりました」

「我が軍に勝利を。アドレアに幸運を」

先代の〈幸運の番〉である王妃のカナリアが歌わなくなったために、アドレア軍は敵国ゲルヘムに苦戦を強いられることも多々あり、一日も早く次代の番が見つかることを皆が渇望していたそうだ。

――ぼくは、皇后陛下のようになれるかな……。

王とともに最前線に立ち続け、兵士たちを鼓舞しながらアドレアを勝利に導いてきたという王妃。どんなに苦しい戦いであってもカナリアとともに幸運を引き寄せてきたのだろう。先ほど間近にした慈愛に満ちた笑顔が思い出される。そんな存在に、果たして自分はなれるだろうか。

心細さが顔に出ていたのか、ジークフリートは「心配するな」と首をふった。

「おまえひとりになど背負わせるものか。安心しろ。この国の未来は俺たちが護る」

「いかにも。戦いは我らにお任せください」

「我々には幸運が味方する、そう思えることが誇らしいのです」

王太子の言葉に男たちが次々と続く。

「戦いの場において、心の拠《よ》り所《どころ》というものはおまえが思う以上に大切だ。これから〈幸運の番〉としてなにを為すべきか学ぶとともに、ここにいるものたちとも信頼関係を築けるよう努めてほしい。それが有事の際に活《い》きてくる」

「わかりました」

アンリは大きく頷くと、屈強な男たちひとりひとりの顔を目に焼きつけるつもりで見回した。

「ぼくは、小さな村で生まれ育ちました。この国を脅かす存在があることさえ知らずに、繕いもので生計を立てるので精いっぱいの毎日でした。アドレアを護るためにご尽力くださっていた皆さんには申し訳ないばかりです。ぼくが今日こうして在るのも皆さんのおかげです」

「アンリ様」

「これからは、ぼくが皆さんに恩返しをする番です。ぼくは、ぼくの大切なカナリアと力を合わせてアドレアのために頑張ります。どうかよろしくお願いします」

それがジークフリートのため、ひいてはアドレアのためと信じている。

アンリの宣言に、男たちは「わっ」と野太い歓声を上げた。ジークフリートもうれしそうに目を細めてこちらを見ている。

「よくぞ言ってくれた」

仮の番を引き受けた時は、こんなに誇らしい気持ちになるなんて考えもしなかった。

けれど今は、そう思えることが素直にうれしい。

見上げた焦げ茶の瞳が、「その意気だ」と励ましてくれているように見えた。


離宮で暮らしはじめて二週間が経ったある日のこと。

「アンリ殿。アンリ殿はおいでか」

唐突にヴィゴがやってきて、応《いら》えも待たずにドアを開けた。彼に限ってはこれが通常運転だ。

「はい。なんのご用でしょう」

諸事情により身動きの取れないアンリが首だけを回して答えると、その様子を見た彼は「おっと。取りこみ中でしたか」と肩を竦めた。

なにせ、侍女たちに身体をあちこち採寸されている最中なのだ。仮の番となったアンリのために新しい服を仕立てるという。着られるものが一着あればそれで充分だと何度も断ってはみたのだけれど、そのたびに「ジークフリート様のご命令です」とにっこり笑っていなされてしまった。

そんな贅沢に気が引ける反面、縫い針や糸を見るとわくわくしてしまう。アンリが繕いもので身を立てていたことを知る侍女たちは、生地を傷めないための糸の選び方や縫い方などを気さくに訊ねてはアンリにも楽しみを分けてくれた。

今日もまた話に花を咲かせていたところだったので気づけばあちこち布だらけだ。それでも採寸を中断して椅子を用意しようとすると、ヴィゴは片手でそれを辞した。

「私はお迎えに参ったまで。……ジークフリート様がお呼びです。西の王子様方にぜひアンリ殿を紹介したいと」

聞けば、西の領地を治める王子とその番が城を訪ねてきているのだそうだ。

「いいんでしょうか。ぼくはまだ正式な番じゃないですし、他の領地の方にご挨拶などして……」

尻込みするアンリの背中を押したのは侍女たちだ。

「アンリ様。思いきって行ってらっしゃいませ」

「ジークフリート様はアンリ様を自慢なさりたくてしかたないんですよ。私たちにもよくアンリ様のことをお話しくださいますから」

「それに、西のテオドール様はとてもおやさしい方だそうですから、心配はご無用です」

「テオドール様の番のロベルト様は、それは実直な方だとか。きっと良い機会になりますよ」

侍女たちがあかるい声で畳みかける。きゃっきゃっと笑う彼女らに圧倒されたのはアンリだけではなかったようで、ヴィゴは「よく知ってんなぁ」と苦笑した。

「まぁ、なにはともあれそういうことで。さぁ、アンリ殿」

「えっ。でも、採寸がまだ……あのっ……」

問答無用で連れていかれるのを、侍女たちが「片づけておきますね」と笑って見送ってくれる。

かくして、アンリは王太子の間へと案内された。ジークフリートが特に親しい相手と会う時に使う部屋で、謁見の間と比べるとこぢんまりとしていて装飾も控えめだ。

「アンリ殿をお連れいたしました」

ヴィゴに促されて部屋に入ると、そこにはジークフリートと向かい合うようにしてふたりの男性が椅子にかけていた。少し離れたところに立っているのは連れてきた従者たちだろう。

「あぁ、ご苦労だった」

ジークフリートが立ち上がるのに合わせて、男性らも椅子を立った。

「紹介しよう。俺の番候補のアンリだ。……アンリ、こちらが西のテオとロベルトだ」

小柄ですらりとした男性のすぐ後ろに、ボディーガードさながらに逞しい男性が立つ。彼らが国の西側を治める王子とその番なのだ。ふたりとも若く、ジークフリートより少し年下に見える。

はじめて出会う一対の存在に興味を引かれつつ、アンリは深々と一礼した。

「ようこそおいでくださいました。はじめてお目にかかります、アンリと申します」

「はじめまして。テオドール・フォン・ラインヘルツです。どうぞテオと」

手前の男性がオリーブ色の目を細めて微笑む。握手を求められ、ドキドキしながらそれに応えた。やさしそうな人だ。サラリとした焦げ茶の髪が落ち着いた雰囲気に良く似合う。学者だと言われても頷いてしまいそうだ。

そんなテオは、斜め後ろの男性を目で指し「僕の番のロベルトです」と紹介してくれた。

「僕よりよほど獣人らしく見えるでしょう?　自慢のガーディアンなのですよ」

「テオ様」

いつものことなのか、ロベルトは男らしく切れ上がった眉尻を下げて苦笑する。テオとは対照的にその肌は日に焼けて健康そのものだ。凛々《りり》しく整った顔立ちに胡桃《くるみ》色の髪がやわらかに映えた。

「人の自慢よりご自分のことをといつも言っているでしょう。その翼は西の民の誇りですよ」

なんでも、テオはハヤブサの獣人なのだそうだ。とてもおっとりして見えるのに、森の動物たちにも怖れられる猛禽類《もうきん》だったとは。

「実戦に使ったことはないですけどね」

「テオにはテオのやり方がある。若くして国のために功績を残したのは皆が知るところだ」

皆に椅子を勧めながらジークフリートが加わってきた。

「長年に亘《わた》って土地の調査分析を行っただけでなく、その結果に基づいて農民たちを根気強く説得して回った。その甲斐《かい》あって小麦の生産量は飛躍的に向上している。テオのおかげでアドレアの食料庫は安泰だ」

「父上には『農民のようなことを』と言われていますが……それでも大切なことだと思っています。農民の収入が増えれば余裕も生まれる。余裕があれば多少のことにはビクともしなくなるものです。地盤さえしっかりしていれば、嵐にも耐えられるように」

静かな眼差しからは強い信念のようなものが感じられる。

テオの農業改革は、最初からスムーズにいったわけではなかったそうだ。いくら期待値を示してもこれまでのやり方に固執する農民たちも多く、あえてリスクを取ってまで新しい方法を選ぼうとするものは少なかった。

それでもテオは諦めることなく村をひとつひとつ説得して回り、万が一の時には自分が責任を持つとまで約束して、農作業にも足を運んだ。そうしたテオの姿勢を見るうちに農民たちは彼に心を許すようになり、その年の秋、努力の甲斐あってたくさんの小麦を収穫した時に両者をつなぐ思いは絆に変わったという。

翌年、またその翌年と、順調に収穫量を増やしていったことで国の隅々まで食料が行き渡るようになった。今年はいよいよ隣国ローゼンリヒト、さらにその向こうのイシュテヴァルダにまで生産物を輸出できる見通しだという。

「素晴らしいですね。テオ様は、この国になくてはならない方なんですね」

「そんなにすごいものではありませんよ。それに、僕ひとりの力でもありません。ジークフリートと相談しながら調えていったのです」

貿易拠点として輸出入に関する特別な権利を有している南の領地と違い、西にはなんの権利もなければ前例もない。小麦を運ぶ船すらない。そのため、運搬に当たっては五人の王子のまとめ役であるジークフリートにたびたび相談をしていたのだそうだ。

「南を治めるジュリアーノから船を借りるか。あるいは、北を治めるゲーアハルトに馬を借りるか。船で運ぶのはたやすいが、ローゼンリヒトには陸路での運搬が必要だ。それに、隣国との間にはリノ山脈が聳《そび》えている。こうした地理的条件に気候条件、日数を勘案しながら検討を重ねていたのだ」

「僕はこうしたことがとんと不得手で……ジークフリートがいてくれて助かります」

「それを言うなら、俺だって農業には向いていない。お互いさまだ」

ジークフリートとテオは私的なことも含めて相談し合うほど昔から仲が良いそうで、定期的にお互いの領地を訪れては親交をあたためているという。

「そうだったんですね。それではこの後も、おふたりでご相談を……？」

「いや。それはもう終わった。そうしたら今度はおまえを呼んでくれと」

ジークフリートが苦笑しながらテオを見る。

「僕が我儘を言わせてもらったのです。ジークフリートが選んだ方とお話をしてみたくて」

テオは視線を受け止めて微笑むと、しみじみとしたように目を細めた。

「彼は長い間、番を探していたでしょう。これぱかりは天任せですから……。心配していたのです」

国王が伏せったことで王太子が政務を代行する機会が増え、執務室に貼りつくようになった結果、出かける機会が格段に減った。

外の世界に出向かなければ新しい出会いもままならない。

かといって、王子と番は運命の一対。誰でもいいというわけにもいかない。そんな状況を見守ることしかできず、もどかしかったのだとテオは加えた。

「ですから、今日ここに来たのは、アンリさんにお会いするためでもあったのですよ」

「ぼくに？」

「ええ。やさしそうな方で良かった。どうか、ジークフリートを支えてあげてくださいね」

にっこりと微笑まれ、アンリは「はい！」と大きく頷いた。

「今はまだ仮の番ですが、この国のことをたくさん学んで、そしてジークフリート様にふさわしい人間になれたら、きっと」

「そう力まずともよい。今でも充分良くやっている」

照れくさかったのか、ジークフリートが珍しく苦笑を浮かべる。

様々なことを学ぶといいと言ってくれた言葉のとおり、彼はアンリに地理や歴史、語学に芸術、それにマナーの教師をつけてくれた。教鞭《きょうべん》を執るのはジークフリートが小さい頃に習った人物だそうで、勉強はもちろん、最近では子供の頃の王太子の話を聞くのも密かな楽しみになっている。

そうやって毎日少しずつ知識と経験を積みはじめたアンリだ。とりわけ好きになったのは地理で、あの嵐の夜、ジークフリートに五つの領地それぞれに特色があることを教わって以来、土地と人々の関係がとても興味深く思えるようになった。さっきのテオの話ももっと詳しく聞きたいくらいだ。

そう言うと、西の王子ははにかみ笑いながら「もっと役立つ話をしましょう」と眉根を下げた。

「せっかくですし、もう少し広い視点で学んでみませんか？　どんな人物がそれぞれの領地を治めているか、頭に入れておいても損はないかと」

「他の三人の王子様方のことですか？」

「ジュリアーノやゲーアハルトなど、先ほどもジークフリートの口から名前が出ましたし」

「あぁ、そうだな。いずれ遠からぬうちに会うことにもなるだろう」

ジークフリートも賛成してくれる。アンリが「ぜひ」とお願いすると、テオはお茶で口を湿らせてからゆっくりと話しはじめた。

「では、まずは上からいきましょう。国の北側を治めているのがゲーアハルトという若者です」

五人の王子のうち唯一の十代で、双子の弟が番なのだそうだ。

「え？　王子は獣人ですよね。それなのに、双子の弟君が人間でいらっしゃるんですか？」

訊ねた途端、一同は目を合わせ、なぜかため息をついた。

「北には複雑な事情がありまして……。双子の弟であるゲーアノートは獣人として生まれたものの、今は人間として兄の一対になっています。これには北の地理事情も多少関係しているのですが、そのあたりのことはご存知ですか？」

「ジークフリート様に教えていただきました。唯一、隣国ローゼンリヒトに接していると」

そのため、有事の際にはバリケードの役割を担っている。

だが、北とそれ以外の領地の境には高いリノ山脈が聳えているため国内間でも行き来がしにくく、孤立した場所で独自の文化が発達した。

「そのせいか、あるいは持って生まれた気性のせいか……ゲーアハルトは協調性という概念が乏しく、目的のためには手段を選ばない男です。その上、獣属性は危険なホワイトタイガーです。もしも彼と対峙《たいじ》するようなことがあれば充分にお気をつけて」

同じ王子でありながら、そんなにも異質な人もいるのだ。地理的な影響だけとも思えないけれど。

不安そうな顔をしているのが見て取れたのか、テオはあかるく声色を変えた。

「今度はジュリアーノの話をしましょうか。彼は、狼の獣属性を持つ南の王子です。国の西南に点在する諸島一帯を治め、貿易拠点として国の発展を支える立役者でもあります」

先ほどジークフリートが船を借りる相手として名を出した人だ。

「とても気さくで陽気な男で、王子より商人が似合うのではと思ってしまうほどです。国内外を問わず様々な人間と相対しているからでしょうか。誰にでもわけ隔てなく接する姿勢は見倣わなければといつも思います」

「テオ様がそうおっしゃるなんて、よほどの人格者なんですね」

そう言った途端、王子たちは複雑そうな顔で目を見合わせた。

「ジュリアーノはいい男だ。悪癖はあるが……」

「賑やかで楽しい人です。恋多き男ですが……」

小さく嘆息した後で、テオは「それでも」と言葉を続けた。

「外から入ってくる先進的な考え方を受け入れる柔軟性や、それによって国を活性化させたいという熱意を持っているところは素晴らしいと思います。その結果、国の指揮を執るべく王位を所望しているのは気になるところではありますが」

「えっ」

思わず声が出た。

「王位って……ジュリアーノ様は、王位継承に名乗りを上げていらっしゃるのですか」

「先ほどのゲーアハルトもそうですよ。次にご紹介する東の王子も」

どうりでジークフリートや侍従たちが焦っていたはずだ。そういうことだったのだ。

「国の南東を治めるザインは黒豹《ひょう》の獣人で、海を挟んだ向こうにある龍人国からこの国を守る役目を担っています。日々神経を尖《とが》らせて生活しているせいか、彼ほど冷徹で容赦のない男もいません」

聞けば、決して他人を信用せず、権力に強く執着しているのだそうだ。

「彼にはそうなるだけの理由がありました」

「実の父を殺されたのだ。身近なものの裏切りによってな」

「……っ」

ジークフリートの言葉に息を呑む。

向いの席ではテオが痛みをこらえるように眉根を寄せた。

「俺たちは同じ歳《とし》で、子供の頃はこの城と東の砦を行き来するような交流もあった。……だが、あの一件以来ザインは変わった。変わらねば生きていけなかったのだろう。今となっては俺と話すこともほとんどない。あいつには力こそがすべてだ」

「彼は、敵国ゲルヘムを倒してアドレアの領土を拡大する考えです。その陣頭指揮を執るために是非でも玉座を我がものにしたいと」

「支配することで従わせるという考えもあるが……俺には賛成できかねる」

ジークフリートの言葉に、テオも同意を示すように深く頷く。

東の王子ザインのことも気になるが、その彼が支配を望むという敵国についても気がかりな点があった。

「あの…、ゲルヘムというのは危ない国ではなかったでしょうか」

侵略によって国を築いてきたため、気性が荒い連中だとジークフリートから聞いたことがある。

「そのとおりだ。龍人たちは平時こそ俺たちと同じく人型だが、いざ戦いとなった際には体表を鱗《うろこ》で覆う。水の抵抗を極限まで減らすとともに、水中で自在に動けるようにな。水に引き摺りこまれたら二度と生きては戻れない」

「そんな人たちを倒そうと考えているんですか」

「やるかやられるか、海を挟んで睨《にら》み合っていればそのような考えにもなるのだろう。ザインだけでなく、南のジュリアーノのところも地理的にゲルヘムの攻撃を受けやすい」

なんということだろう。水辺すべてが戦闘範囲のようなものだ。

「陸地での戦闘に長《た》けた隣国ローゼンリヒトも、バーゼル川を挟んで向かい合うゲルヘムの侵攻には長らく苦しめられてきたと聞きます。獣人の国でさえそうなのです。人間の割合が多いアドレアではさらに苦戦を強いられるでしょう」

「最近、そのゲルヘムの動きが怪しい」

ジークフリートの言葉に、テオの表情にも厳しさが増す。

「西の領海でもたびたび敵国船を目撃したとの報告があります。北へ向かっていたこともあると……。アドレアを包囲しようとしているのかもしれません。西は穀倉地帯です。ひとたび戦いが起これば平野は戦場になりやすい。そうなったらこの国は食料を断たれて終わりです」

「そんなことはさせません」

それまで黙って聞いていたロベルトが強い口調で割って入った。

「あなたが育てたあの土地は俺が護ります。なんのための〈守護の番〉だと思っているんです」

「ロベルト……」

よほど驚いたのだろう。テオはしばらくぽかんとしていたものの、我に返るなりうれしそうに頬をゆるめた。

「さすが、自慢のガーディアンですね」

「テオ様に鍛えられましたので」

くすくすと肩を揺らすテオに、ロベルトはいっそう顔を顰める。彼は常に一歩下がったところからテオに接しているけれど、こんな時は対等に見えるのがなんとも不思議だ。自分とジークフリートの関係性とは少し違う。長い年月がふたりをそうさせたのかもしれない。

「テオ様とロベルト様はいつから一対でいらっしゃるのですか？」

「アンリさん。俺は庶民階級の人間です。『様』をつけていただく必要はありません」

「わっ、ぼくもそうなんです。それなら、ロベルトさんとお呼びしてもいいですか？」

「それがいい。よろこんで」

ロベルトがわずかに口角を上げる。

王族という特権階級社会に飛びこんでからはじめて出会う貴重な仲間だ。彼もまた、自分と同じく低い身分でありながら王子の番となることを選んだのだ。どうやって一対になる覚悟をしたのだろう。そしてふたりはどこで、どんなふうに出会ったのだろう。訊いてみたいことが山ほどある。

そんな思いが顔に出ていたのか、テオが微笑みながら頷いた。

「仮の番になったばかりのアンリさんであれば、他の一対のことも気になるものですよね。それなら今度はもっと楽しいお話をしましょうか。僕たちの自己紹介も兼ねて」

そう言ってロベルトを目で促す。このふたりは言葉にする以上のことを視線でやり取りするようで、テオの意を汲《く》んだロベルトがおもむろに話しはじめた。

「さっきも言ったように俺は庶民の出身です。番になる前は、森で木を切る仕事をしていました」

ロベルトの家は古くから森に住み、仕事道具とともに代々その仕事を受け継いできたのだそうだ。毎日顔を合わせるのは家族ぐらいのもので、隣近所や知り合いはほとんどなかった。木を買いつけに来る仲買人と時々言葉を交わすぐらいの孤立した生活をしていたが、植物を相手に黙々と働くことはロベルトの性に合っていたようで、苦にはならなかったという。

「その日も、いつものようにこれから切る木を見定めていました。すると遠くから争っているような声が聞こえたんです」

見れば、自分と同じ年頃の少年が数人の大人たちに取り囲まれているではないか。皆、良い身形をしていて高貴な身分であることが一目で知れた。あきらかな多勢に無勢、その上大人たちは容赦なく腰の剣に手をかけている。

「そんな一触即発の状態にもかかわらず、のんびり話し合おうとしていたのがテオ様です」

「まずは平和的解決をと思いまして……。僕だって、できることならご遠慮したかったのですよ」

テオが困ったように眉根を下げる。

なんでも、少数の伴を連れて植物の生態系調査をしていたところ、護衛が手薄であることを知った一部の貴族たちに取り囲まれ、不当な取り引きを迫られたのだという。

テオが落ち着いた口調で断ると大人たちは逆上し、一方的な口論となった。ついには相手方が襲いかかろうと剣を抜いたのを見て、ロベルトがとっさに飛び出したのがふたりの出会いだったそうだ。

ロベルトの応戦によって貴族たちは蜘蛛《くも》の子を散らすようにいなくなったという。

「わぁ、すごい……！　おひとりで何人もの相手をやっつけたんですか」

昂奮するアンリに、ロベルトはなぜか肩を竦める。

「いいえ。俺の力というよりは、こいつの」

そう言って上着のボタンを外すと、内ポケットからなにかがちょろりと顔を出した。

「わっ！」

トカゲだろうか。全身がオリーブグリーンの鱗で覆われている。尻尾は長く、先端にはふさふさとした長い毛までついているようだ。小さな前足とがっしりした後ろ足を器用に使ってロベルトの手をよじ登ったトカゲは、手のひらの上で仁王立ちした。

「この子は？」

「手乗りドラゴンです。こう見えてもきかん気が強くて……、痛《い》って！」

ロベルトの紹介が気に食わなかったのか、手乗りサイズのチビドラゴンが「あむっ」と主人の指を噛む。端から見れば甘えてじゃれているようにしか見えないけれど、あれで結構痛いのだろう。ロベルトが顔を顰めながら人差し指で小さな頭を撫でてやると、ドラゴンはようやく機嫌を直したようで、口を離し、ちまちまと身繕いをはじめた。

「言葉がわかるなんて賢い子ですね」

「僕たちの呼びかけにも反応して、喉を鳴らして甘えるのですよ。それがまたかわいらしくて……」

テオも目を細めながらドラゴンを見遣る。

「でも、くれぐれも気をつけてくださいね。火焔龍《かえん》ですので」

普段はおとなしくポケットに収まっていても有事の際には火を噴くそうだ。特に、育ての親であるロベルトの敵となればそこに容赦はないらしい。

「おかげで、件《くだん》のものたちは髪も衣装も酷《ひど》い有様に」

「それはいい薬だったな」

黙って話を聞いていたジークフリートがククッと喉を鳴らす。想像したら気の毒にも思えるけれど、西の王子に剣を向けた報いと思えばしかたあるまい。

「ロベルトさんのことが大好きなんですね」

身繕《うず》いをしていたドラゴンがはたとこちらを見、それから恥ずかしそうにロベルトの手のひらに顔を埋める。それをやさしく撫でてやりながらロベルトは静かに頷いた。

「俺にとっても大切な存在です。森で卵を見つけた時は、まさかこんな未来が待っているとは思いもしませんでしたが――」

ロベルトが見たことのない模様の卵を見つけたのはほんの偶然だった。

巣から落ちたのか、ぽつんと放り出されたそれを見て、このままでは孵化《ふか》せず死んでしまうと一生懸命あたためた。毎日通って世話をした甲斐あって無事に卵は孵《かえ》ったものの、なにかの鳥だと思っていたものは驚いたことにトカゲだった。

「正直、戸惑いました。その頃はドラゴンという存在も知りませんでしたし」

それでも、懸命に自分の後を追ってくるのを見ているうちにたまらなくなり、腹を括《くく》って育てるつもりで家に連れて帰ったところ、家族一同が仰天する羽目になった。火を噴いたからだ。

「あれには焦りました……。もう少しで森が大火事になるところだったので」

ロベルトが苦笑しながらドラゴンをつつく。小さな怪獣は「ピー」と高い声を上げてご満悦だ。

どうやらただのトカゲではないらしいと考えたロベルトは、顔馴染みである材木の仲買人に訊ねてみたものの判然とせず、しかたがないので半日かけて町に赴き人々に聞いて回った結果、それが大変貴重なドラゴンだと判明した。火焔龍を操るものは〈守護の番〉と呼ばれると知ったのもその頃だ。

だが、それがなにを意味するのか当時はよくわからなかった。

そんなある日、森でテオが襲われている場面に出会し、ドラゴンの力を借りて無我夢中でそれを助けた。後日テオの使者がやってきて、ロベルトは城へ招かれたというわけだ。そんなところは自分たちと少し似ている。

ただし、再会後のやり取りはまるで正反対だったらしい。

「護衛になっていただけませんかとお願いしましたら、きっぱり断られまして……」

「えっ」

目を丸くするアンリに、ロベルトは決まり悪そうに眉根を寄せた。

「家を継ぐつもりでいましたから」

とはいえ、ロベルトとて森での一件を忘れたわけではない。命を狙われるような出来事があの一回限りではないだろうことも想像がついた。藁《わら》にも縋るような思いで自分を頼ってくれているのもよくわかる。なにより、自分は彼の番であるという。

「そこでテオ様に訊きました。あなたは玉座がほしいのかと。そのために俺が必要なのかと」

ロベルトが目を向けると、テオは懐かしそうに目を細めながら微笑んだ。

「僕は、王になるつもりはありませんとお答えしました。……正直、ならば番になる必要もないだろうと、もう一度断られる覚悟もしていました」

「そうだったんですか」

「そうですよ。だって我儘でしょう」

あっさりと言われ、ロベルトはなんとも言えない顔をしている。

「それでもあなたはこう言いましたね。『僕は西の地を愛しています。ここを護るために、あなたにいてほしいんです』と……」

その言葉が決め手だった。

ロベルトにとっても森は代々生業を営む大切な場所だ。そんな西の地を治めているテオから森を、そして領地を護るために力を貸してくれと言われれば断る理由などない。家は弟に継いでもらうことにして、正式な番となることを決めた。そうすれば、この隙だらけな王子を護ることもできるだろうとの算段もあった。

素人のロベルトから見てもテオは危なっかしく、平和主義と言えば聞こえはいいが、つけ入る隙がありすぎるのだ。おかしな連中にちょっかいをかけられないように見張っていなければと心に決めて西の城に上がったのだとロベルトは結んだ。

「隙だらけなのは否定できませんね……帝王学を学んでおきながらお恥ずかしいのですが……」

五人の王子たちは幼い頃から王となるべき資質を育む教育を受ける。その過程で王位継承を自然と意識するようになるという。

けれどテオの場合は別で、おっとりした性格もあるのだろうが、発破《はっぱ》をかけてくる父親の思いとは裏腹に継承権争いにはまるで興味が持てなかった。人前に立つことが大の苦手で、政治など自分には務まらないときっぱり言いきる。

「できたら一日中、自然や本を相手にしていたいのです。そういう意味で散策や勉強は好きですが、争いごとや駆け引きなどはどうにも苦手で……戦いなんて想像もつきません」

それでも厄介事というのは起こるもので、そのたびにジークフリートに相談したり、ロベルトに助けてもらったりと周囲の力を借りながら西の地を治めているという。彼自身が自然体だからか、人々の力を結集させることのできる希有《けう》な存在なのだ。

そう言うと、テオはうれしそうに番を見上げた。

「ロベルトのおかげですね」

「俺などなにも。テオ様の人徳です」

ふたりを見ているうちになんだかうらやましくなってくる。片や獣人、此方人間にもかかわらず、彼らの間にあるのは確かな絆だ。

――あんなふうになれたらいいなぁ……。

どんなに身分が違っても、たとえ種族が違っても、互いを信頼し合うことはできる。それはなんと尊いことだろう。

憧れにも似た思いで見つめていると、テオがこちらを見て微笑んだ。

「僕は、ロベルトがいてくれてはじめて一人前です。ひとりではほとんどなにもできません。それに引き替え、ジークフリートはどうでしょう。アンリさん、これからの彼をすぐ傍《そば》で見ていられるのは幸いなことです。彼ほど化ける男もいないでしょうから」

「テオ」

「僕は、ジークフリートにこの国を引っ張っていってほしいと思っているんです」

ジークフリートが窘《たしな》めるのも聞かず、テオはこれだけは譲れないとばかりに話し続ける。

「彼には広い視野と教養が備わっていて、領民や臣下からの信頼も篤《あつ》い。なによりリーダーとしての資質があります。ジークフリートならアドレアを守り導いてくれると思うのです」

結願《けちがん》の暁には、テオは食料庫の主《あるじ》として国と王を全面的に支えていく覚悟だという。それはジークフリートにとっても心強い言葉に違いない。

だがそうは言っても、王子は他に三人もいる。その誰もが王位継承に名乗りを上げている状態だ。そう遠からぬうちに継承権を巡っての話し合いが行われるだろうし、何度かの折衝で決まらなければ実力行使ということにもなりかねない。

「争いが起きないか不安です」

ジークフリートを見上げると、彼はきっぱりと首をふった。

「そんなことをしても自らを弱体化させるばかりで、敵につけ入る隙を与えることになる。是が非でも話し合いで解決しなければならない」

「ジークフリートの言うとおりです。それに、たとえ誰が王となっても残りの四人にはそれを支える義務があります」

テオも頷く。王座を巡ってどんなに意見が対立したとしても、王子たちはいついかなる時も互いの味方でなければならない。五人が協力し合うことでこの国は成り立っているからだ。

ふたりの話を聞きながら、アンリはじっと手のひらを見つめた。

――ぼくにも、なにかできたら……。

長年の針仕事で縫いダコができた小さな手。悪党を懲《こ》らしめるだけの力はないし、火焔龍で無頼漢を追い払うこともできない。ロベルトのようにはいかないけれど、それでも勝利のカナリアとともに歌を歌うことならできる。正式な番になれば今よりもっと役に立てるはずだ。

そのためにはこの国のことをもっと学んで、様々な知識を身につけて、ジークフリートの番として彼にふさわしい人間にならなくては。

――ジークフリート様のお役に立てるように。

心の中で自分に言い聞かせていると、こちらを見た彼がくすりと笑った。

「おまえはほんとうに思ったことが顔に出るな。俺を助けてくれるのか」

「もちろんです。ぼくにできることなら、なんなりと」

いつかきちんとした番になれたら、戦いにおいてこの国を勝利に導くことができるかもしれない。ジークフリートは王という名の聖獣になれるかもしれない。

そう言うと、彼は嚙み締めるように瞼を閉じ、それからもう一度こちらを見た。

「おまえには感謝している。奇跡が起こる瞬間を今から楽しみにしていよう」

「ぼくも、ジークフリート様が聖獣になるのを楽しみにしています。その時はサーベルタイガーにもなりますよね。ちょっとだけでいいので、もふもふさせてくださいね」

「アンリ？」

驚くジークフリートをよそに、テオとロベルトが揃って噴き出す。

ぽかんとしていると、少し困ったような、それでいてうれしくてたまらないような顔をしたジークフリートに肩を引き寄せられた。

「まったく。おまえにはいつも驚かされる」

「あ、あの？」

「頼りにしているぞ」

ぽんぽんと肩を叩かれ、誇らしい気持ちがこみ上げてくる。

「はい！」

大きな声で請け負ったアンリに、一同はまたもあかるい声で笑うのだった。


あんなに楽しい時間を過ごしたのが今は遠い幻のようだ。

しばらくすると、テオが言っていたとおり敵国の動きが看過できないほど活発になった。

海に面した都の最南端には高台が設けられており、敵の様子を監視している兵士たちから毎日のようにアラートが上がってくる。東の砦に常駐する海軍からも日々圧力が高まっているとの報告を受け、城内は日を追うごとに緊迫感に包まれていった。

これまでも龍人たちとの小競り合いはあったが、アドレアの領海を侵したり、南の領地のひとつである無人島に上陸したりといった、あからさまな挑発行為はなかったそうだ。徐々に包囲網を狭め、いつでも一気に雪崩れこんでやれるのだと力を誇示しているのだろう。

執務室で報告を受けたジークフリートは重々しいため息をついた。

「度重なる警告も無視し、なお挑発行為をくり返すとは……。もはや対話による平和的解決は不可能だと判断せざるを得まい」

「ジークフリート様！　まさか、こちらから打って出るおつもりですか」

陸軍大尉が身を乗り出す。

「目と鼻の先とは言え、海を渡る行為はあまりに危険。船ごと海中に引き摺りこまれてしまいます」

「かといって、敵をアドレアに招き入れては罪のないものたちの命まで危険に晒《さら》すことに」

「わかっている。俺とて争いたいわけではない。こちらにも備えがあることを示して敵の出方を窺う。できる限り開戦は避ける方向でな」

一度言葉を切ると、ジークフリートは高らかに宣言した。

「参謀会議を開く。陸海軍の司令官、それからザインとジュリアーノを招集してくれ。その番もだ」

侍従たちは「はっ」と一礼するなり部屋を出ていく。

この国のことをもっと知りたいと頼んで報告の場に同席させてもらったアンリだが、今はただ邪魔にならないよう息を潜めているので精いっぱいだ。会議の準備が整うのを待つ間、王太子の横顔から険しさが消えることはなかった。

もしも開戦ということになれば、ザインは真っ向から敵とぶつかることになる。ジュリアーノが治める島々も集中砲火を浴びるはずだ。そんな、あってはならない未来を憂慮しているのだろう。王子たちが到着するまで一日はかかる。それを待つ間も要人たちによって活発な意見が交わされ、会議はその日遅くまで続いた。

これからどうなるのだろう。敵国と戦争になるのだろうか。

自分があれこれ思い悩んでも詮ないことだとわかっていながらも考えることをやめられず、眠れない一夜を過ごしたアンリは、せめて朝の空気を吸って気持ちを切り替えようと外に出た。

早朝、まだ起きているものはいない。ひんやりと湿った夏の空気がざわめいていた気持ちを静かに癒《い》やす。何度か深呼吸をして肺の空気をすっかり入れ替えると、アンリは気の向くまま城に向かって歩きはじめた。

離宮と城との間には大きな庭園がある。ノアとはじめて出会った夜、ジークフリートに連れられて訪れたのもここだった。今はもうあの時の花は枯れてしまったけれど、新しい花の蕾《つぼみ》が朝露を戴いて俯《うつむ》いている。これから日が差すにつれて首を擡《もた》げ、微笑むように美しい花弁を開くのだろう。

そんなことを思いながら歩いていると、向こうからやってくる人があった。

「ジークフリート様」

まさか、こんなところで会うなんて。驚いて駆け寄ると、彼もまたアンリを見て立ち止まった。

「あぁ、早いな」

「おはようございます。ジークフリート様こそ」

「俺はいつもこの時間だ。今朝は気が向いて庭に出てみたが、そのおかげでおまえに会えた」

ジークフリートはふっと表情をゆるめた後でアンリの顔を覗きこんでくる。

「あまり顔色が良くないようだな。どうした。眠れなかったのか」

「あ…」

「これまで争いごととは無縁に生きていたのだ。怖く思ったとしても無理はない」

いたわるように頬を撫でられ、大きな手に包みこまれて、そのあたたかさにほっとした。

この人はどうして自分の心が読めるのだろう。一晩中思い悩んでいたことも、一睡もできなかったことも、戦いを怖れていることも全部一目で見抜いてしまう。そしてそれを「しかたのないことだ」と受け入れてくれるのだ。

近くのベンチに促され、並んで腰かけながらあらためて顔を覗きこまれた。

「無理せず、今日は離宮で休んでいてもいいのだぞ」

「いいえ。ぼくにも出席させてください」

自分は彼の仮の番だ。王太子が国を護るために連日尽力しているのに、その相手が目を背けているわけにはいかない。

「わからないことばかりですけど、それでも間近に見ておきたいんです。ジークフリート様がなにを大切にされているのか、どんなことを考えていらっしゃるか」

「アンリ」

「いつか、テオ様とロベルトさんたちのように、傍にいるのが当たり前のような存在になりたいです」

そう言うと、ジークフリートは驚いたように目を瞠った。

「おまえがそんなことを言うとは……」

「ほんとうですよ。あ、でも…、ジークフリート様が良ければ、ですけど……」

「俺が嫌と言うとでも？」

ジークフリートはわざとらしく顔を顰めてみせた後で、「テオたちに感謝しなければな」と満面の笑みを浮かべた。見ているこちらが清々しくなるようなあかるい笑顔だ。

「ならば俺は、おまえを護るために全力を尽くそう」

「ぜ、全力だなんていけません。それではジークフリート様が倒れてしまいます」

「倒れるものか。これでも身体は鍛えているぞ」

そう言うなり、彼は左手の袖を捲《まく》る。たちまち現れた逞しい腕にアンリは思わず「わぁ！」と声を上げた。ヒョロヒョロと細いばかりの自分なんかとはまるで違う。

「ジークフリート様は、誰かを護るための手をしていらっしゃるんですね」

「おまえも人の生活を支えるための手をしている。繕いものの話をしてくれたことを覚えているぞ」

「ジークフリート様とは比べものにもなりません」

「いいや。どちらも同じだ。大切なもののためにある」

指の背でそっと頬を撫でられ、手のひらで包みこむようにされて、またも胸がドキッとなった。

――ど、どうしよう……。

燃えるように頬が熱い。それなのに目を逸らすこともできない。まっすぐに見つめられ、触れられたところから鼓動さえ伝わってしまいそうだ。

「アンリ。その顔はいけない。是が非でもおまえを摑まえたくなる」

「え？」

どういう意味だろうと考えるよりも早く肩に手を回して引き寄せられ、至近距離で見つめられて、頭の中が真っ白になった。見つめ合っているだけで熱を帯びた瞳に吸いこまれてしまいそうだ。もう一方の手で頤《おとがい》を持ち上げられ、心臓が大きくドクンと跳ねた。

――も、もしかして……。

ドキドキしすぎて声も出ない。そうしている間にもジークフリートの顔がゆっくりと近づいてくる。

「アンリ……」

低く掠《かす》れた声で名を呼ばれ鼓動はもう痛いくらいだ。

――ジークフリート様が……、ぼくに………。

もう少しで唇が触れる――というまさにその時、遠くから誰かが駆けてくる足音が聞こえた。

身体を離したジークフリートはすぐさま王太子の顔に戻り、立ち上がって侍従を迎える。

「どうした」

「只今《ただいま》、ザイン様がご到着なさいました。急を要するとの御招集に早馬を駆っておいでとのこと」

「そうか。ご苦労だった。すぐに行く」

これから軍議がはじまるのだ。ジークフリートの纏う空気が変わる。なおも侍従と二、三言葉を交わした彼はこちらをふり返り、アンリだけに聞こえる声で「続きはまたな」と囁いた。

「……っ」

艶めいた声にドキッとなる。視線が彼の唇に吸い寄せられる。さっきのことがどういう意味か思いきって訊いてみたかったけれど、状況がそれを許さなかった。

ジークフリートは王太子として先に立って歩きはじめる。仕事熱心な彼の頭の中では早くも昨日の

会議の続きがくり広げられているのだろう。いまだ胸をときめかせながらも、アンリもまた気持ちを切り替えて広い背中を追いかけた。

到着したのは、中央にオーバル型のテーブルが置かれた、大人数での会議に適した部屋だった。先に席に着いていた陸海軍の関係者らが立ち上がってジークフリートを迎える。王太子が戻るのに合わせ、別室で待機していた東の王子たちもやってきた。

先に入ってきたのがザインだろうか。背が高く、黒い髪を後ろに撫でつけた男性だ。黒豹の獣人と聞いていたとおり青い目は爛々と光り、獣が獲物を見定めるように眼光鋭く一同を眺め回している。そのすぐ後ろにつき従うようにして番と思《おぼ》しき男性が続いた。

「久しぶりだな、ザイン。よく来てくれた。元気だったか」

ジークフリートが歓迎の握手を求めたものの、相手はにこりともせず、形式だけ応じてすぐに手を離してしまう。

「東の皆は変わりないか。最近は心おだやかに過ごせる日も稀《まれ》だろう」

「それが使命だ」

馴れ合いを好まないのだろう。けんもほろろな応答に頑固な性格が窺えた。

――――実の父を殺されたのだ。身近なものの裏切りによってな。

ジークフリートの言葉がほんとうならば、それも致し方ないのかもしれない。大切な人を失うのは辛く苦しいことだ。自分はその悲しみを歌や縫いもので紛らわせてきたが、彼の場合は力によって未来を変えたいと願ったのだろう。

ザインは席に着くなり、あらためて居並ぶ男たちを見回した。

「なんだ。開戦だというのに閣僚もいないとは。兵力を把握するだけでは片手落ちになるぞ」

「開戦ではない。今回はあくまでシミュレーションだと伝えたろう」

「そんな生ぬるいことを言っているからやつらをつけ上がらせるんだ。大砲でもなんでも打ちこんで国ごと根絶やしにすればいい」

「ザイン」

ジークフリートがきっぱりとした口調でそれを止める。

「たとえ友好関係を築くことは難しくとも、互いが干渉し合わない共生を選ぶことならできる。俺はそれをゲルヘムに伝えたい」

「それでこの国が潤うとでも思っているのか」

「他国の犠牲の上に自国の繁栄を期待することはしたくないのだ。アドレアには豊かな自然があり、各国との貿易も盛んだ。これからさらに国力を上げていくことができるだろう。それを護り育てることがなにより肝要だと考えている」

「攻撃は最大の防御だというのを忘れたか。おまえも東の砦に赴けば身に沁《し》みる」

「ザインには一番大変なところを預かってもらっていると感謝している。だからこそ、できるだけ犠牲の少ない方法でこの難局を乗り切りたいのだ」

ザインは理解できないというように顔を顰め、ため息をつく。

だがそんな態度は慣れたものなのか、ジークフリートは彼とアンリを引き合わせてくれた。

「ザイン、会議をはじめる前に紹介しておこう。俺の番候補のアンリだ。……アンリ、彼が東の領地を治めているザインだ。後ろにいるのは彼の番で、マリオンという」

マリオンと呼ばれた男性が赤い目を伏せて目礼する。

楚々として美しく、どこか中性的な雰囲気を持つ人だ。肩で切り揃えた銀色の髪に真紅の瞳が人目を引く。特にそうやって下を向いていると、銀の睫毛《まつげ》が瞳に映えて見入ってしまうほど美しかった。

「はじめてお目にかかります。ぼくは、ジークフリート様の仮の番のアンリと……」

「仮の番？　なんだそれは」

最後まで言い終わらないうちにザインがジロリと睨んでくる。頭の天辺から足の先まで値踏みするようにジロジロと見られ、なんとも言えない居心地の悪さにアンリは黙って耐えるしかなかった。

「彼は今、心の準備をしてくれているところだ」

ジークフリートが助け船を出してくれたものの、ザインはふんと鼻を鳴らす。

「そんなもの、なってしまえばどうにでもなる。マリオンもそうだった」

「おまえたちはほとんど一緒に育ったようなものだろう」

「マリオン」

話している最中にもかかわらずザインの鋭い声が飛ぶ。見れば、マリオンが邪魔にならないようにとの気遣いからか、部屋の隅に移動しようとしているところだった。

「勝手なことをするな。俺の目の届くところにいろと言ったのを忘れたか」

「申し訳ありません。ザイン様」

呼び戻されたマリオンが深々と頭を下げる。ドカッと椅子に腰を下ろしたザインに隣の椅子を目で指され、マリオンはおそるおそる「失礼いたします」とそこに座った。

居並ぶ軍人たちはそんな光景など見慣れているのか、誰もなにも言わない。ジークフリートは嘆息したものの、あえてもの申すことはしないようだ。その異様な光景にアンリはひとり戸惑っていた。

ザインは番であるマリオンをまるでモノのように扱っている。対するマリオンも反発することなくおとなしく従っているようだ。あまり健全な関係には見えないけれど、ふたりにはそれが当たり前なのだろうか。それとも、周囲にはわからないような強い信頼関係で結ばれているのだろうか。

もやもやとしたものを抱えながら下を向いた時だ。

「ジークフリート様。ジュリアーノ様がお着きになりました」

「あぁ、早かったな。通してくれ」

ジークフリートが応えるや否や、「やぁ！」とあかるい声とともに、すらりとした長身の美丈夫が顔を見せた。彼が南の領地を治める王子だ。ハンサムな甘いマスクの持ち主で、彼が部屋に入ってきた途端空気がぱっと華やぐのがわかった。その後ろに隠れるようにして彼の番らしい青年もいる。

「会いたかったよ、ジークフリート。ザインたちもお揃いだね。元気そうでなによりだ」

「よく来てくれた。突然ですまなかったな」

「いやいや、ちょうど船を新調したところでね。処女航海に父上を説き伏せる手間が省けた」

ジークフリートと握手を交わしながらジュリアーノは悪戯っ子のように肩を竦める。それにしてもにこにことよく笑う人だ。それに、とても話し好きなのだろう。テオが商人に向いていると言ったのも頷ける気がした。

「ジュリアーノ、紹介しよう」

ジークフリートが手でアンリを指すと、ジュリアーノの口角がますます上がる。

「おや、見ない顔だ。もしかして、その子がジークフリートの番かい？」

「仮の番だ。名をアンリという」

「はじめまして。お目にかかれて光栄です。ジュリアーノ様」

お辞儀をした途端、ジュリアーノが人懐っこく目をきらきらと輝かせた。

「俺も会えてうれしいよ、アンリくん。島に渡ったことはあるかい？　良かったら今度招待しよう。海に沈む夕日はとてもきれいだ。きみもきっと気に入るよ」

「え、えっと…、あの……」

「迷っているうちに人生は終わってしまう。それこそあっという間にね。だから楽しそうなことには自分から飛びこまないと」

そう言ってウインクをひとつ。たじたじとなるアンリがおもしろかったのか、ジュリアーノは魔法使いのように人差し指をふり回しながらにっこりと笑った。

「いつかジークフリートと一緒においで。港はどこよりも早く外の空気に触れられる格好の場所だ。見たことのないものがたくさんある。それに、海はいい。眺めているだけで心が洗われる。胸の中に蟠《わだかま》っていたこともちっぽけな悩みだったって気づくこともあるんだよ」

ね？　と小首を傾けるジュリアーノを、なぜか彼の番と思しき青年が横から小突いた。

「ちょっと。調子いいことばっか言わないの」

小柄で吊《つ》り目の青年だ。これまで見たことがないような緑色の瞳をしていた。

「そうやって手当たり次第に声かけるの、どうにかしなよね。この人誑《たら》し」

小言の相手は王子だというのにまるで臆するそぶりもない。

対するジュリアーノも、悪びれることなく肩を竦めるばかりだった。

「あいかわらずカミルは手厳しいなぁ」

「あんたのそういうとこが好きになれないって言ってんの」

「俺は自由を愛する男なんだ」

「要はだらしがないだけでしょ」

　これで相手がザインだったら激昂されそうなものだが、ジュリアーノは応酬すら楽しんでいるのか、カミルの好きにさせている。こちらもまた変わったふたりだなと思いながらカミルとも簡単に挨拶を交わし、一同はテーブルに着いた。

　王太子であるジークフリートが中央に、その左右にザインとジュリアーノが座る。

　マリオンはザインの許しを得て、カミルはジュリアーノなどお構いなしに、部屋の隅に設《しつら》えられた番の椅子に待機した。アンリもだ。ここから先は開戦を念頭に置いた会議がはじまる。番といえども直接戦闘に関わらないものは後方で成り行きを見守ることとなった。

　居並ぶ軍の関係者の中には、仮の番となってすぐ挨拶させてもらった陸軍司令官や大尉たちの顔も見える。あの時はにこやかに談笑したものだったけれど、今は別人のように真剣だ。一同はテーブルに地図を広げ、右へ左へ駒を動かしながらそれぞれの意見を交わしはじめた。

「まずは、現時点でのゲルヘムの戦力を正確に把握したい」

「海軍大隊を三隊に分け、攻撃の機会を窺っている模様です。一隊を東の砦、もう一隊をこちらから南の砦へそれぞれ進め、残りと中隊で防御を固めるつもりでは」

「ゲルヘムの属国がすべて味方についたとしたら、我が軍の勝算は？　危ういのではないか？」

「ローゼンリヒトへ援軍を要請するのです。ここで合流し、バーゼル川を渡って敵国へ……」

「いや。それはあまりにリスクが高い。バーゼル川の水位では海軍の船は役に立たぬ」

「だが、それが最も安全に戦う方法だ。海戦となれば全軍壊滅もない話ではない」

「ならば、ゲルヘムの背後にあるサン・シット国に協力を求めて挟み撃ちにしてはどうか」

海での戦いを知り尽くした男たちがいっせいに陸軍司令官を見る。

「サン・シットは長らく中立を保ってきた国。武器や防具の手配はもちろん、隊の組み方から戦い方まですべて支援することになります。その間、自軍が手薄になるのは必至。武力以外の協力を求める方が無難でございましょう」

「そうか……。だが一方で、ゲルヘムが西へ回っているという情報がある」

「頻度としては多くなく、西側一帯に兵を割くのは時期尚早かと存じます。それよりも迎撃に備えて東と南それぞれの砦を強化し、有事の際にも敵の上陸を阻むべきかと」

陸軍司令官の進言に頷いたジークフリートは、「どうだ？」というようにザインを見た。

「当然だ。すでに二ヶ月前から対策は進めている。だが早期完成に向けて圧倒的に人手が足りない。農民もそちらに回すとなれば、今年の冬を越えるだけの食料確保が難しくなる」

「打てる手はすべて打っておきたい。食料については俺からテオに援助を要請しよう。快く協力してくれるはずだ。南はどうだ」

「それが……砦の土台部分が波の侵蝕《しんしょく》でだいぶ傷んできてるようなんだ。万が一倒壊したら自分たちだけでなく他国にまで迷惑をかけることになる。貿易船を閉じこめてしまうからね。だから、できるなら強固な建材を使って建て直したい。せめて見張り櫓《やぐら》だけでも」

「わかった。大至急調査隊を編成して派遣しよう。そちらの専門家と相談の上、能《あた》う限りの迅速さで砦の強化を頼みたい」

「了解」

ジュリアーノは頷くと、区切りがついたとばかりに一同を見回し、彼の番をふり返った。

「カミル。ちょっと見てくれるかい？」

口調はおだやかではあるものの、その表情は真剣だ。

カミルは無言で頷くと静かにテーブルに歩み寄った。司令官たちはこれから行われるだろうことを知っているのか、皆黙って見つめている。張り詰めた室内の空気がカミルの双肩にのしかかった。

そっと地図に触れたカミルは、そこに描かれたものたちの声なき声を拾い上げるように目を閉じる。どれくらいそうしていただろう。意識を集中させていた彼がふっと瞼を開くと、その目はここではない、どこか遠くを見るような凪いだものへと変わっていた。

カミルはジュリアーノから譲られた椅子に腰を下ろし、携えていたチェス盤をテーブルに広げる。慣れた手つきで駒を並べはじめたのを見てアンリは思わず椅子を立った。

――ここでチェスを？

驚いていると、ジュリアーノに「おいでおいで」と手招きされる。隣に行くなり彼は小声でそっと耳打ちしてくれた。

「カミルは〈予言の番〉なんだ。ああして対象や俺たちの思念を取りこんで、これから起こることを占ってみせる。あの駒は不思議でね、未来の幸も不幸も包み隠さず彼だけに伝える」

説明を聞きながら、まだあどけなさの残るカミルの横顔をじっと見つめる。大勢の人たちに囲まれ、固唾を呑んでその一挙一動を見守られながら、その上で未来を見通すなんてなんという重責だろう。

それでも彼は臆することなく静かに盤上に右手を翳した。

「……！」

その瞬間、驚くべきことが起こった。

カミルの指先に神々しい光が宿ったのだ。するとすぐ、それに呼応するかのようにとある白い駒も光を放った。まるで次の一手を示すようだ。息をするのも忘れて見入るアンリの前で、カミルはためらうことなく光った駒を前へ進めた。

すると、「次は私を」というように黒い駒が光りはじめる。それを動かすと今度はまた白い駒がというように、不思議な光に導かれるままカミルは交互に駒を動かしていった。盤上は次第に白と黒の運命が交錯し、戦況は刻一刻と変わっていく。

けれど、不意に光がふっと途絶えた。指先に宿っていた光も薪が燃え尽きる時のように弱くなる。

カミルは手を止め、再び盤上に右手を翳した後で、後ろにいたジュリアーノをふり返った。

「……良くない」

「どういうことだ」

「駒が、これ以上動きたがらない。動けないんだ。この国の包囲はもうはじまってる。災いは何度も襲ってくる」

「――――」

一同が息を呑む中、最初に立ち上がったのはジークフリートだった。

「それは、開戦は避けられないということか」

ジュリアーノも身を乗り出す。

「カミル、包囲はもうはじまってるってどういう意味だい。ゲルヘムが西の領海まで到達したとして、それでアドレアを取り囲めるとは思えない。なによりやつらは陸戦は不得手だ」

「マリオン」

唐突に、ザインが彼の番を呼んだ。

「〈予言の番〉がそう言うのなら遠からぬうちに現実となるのだろう。ならば、それを打破するまで」

王子の宣言に応え、立ち上がったマリオンが侍従から渡されたサーベルを引き抜く。刀身に細かな文様の刻まれた立派な剣だ。痩身の彼が持つと一際大きく、重そうに見えたが、マリオンはそんなことなど感じさせぬ見事な剣捌《さば》きでサーベルをふり上げ、中空に構えた。

「……！」

するとどうだろう。

たちまち目の前に見たこともない光景が広がるではないか。こちらでは兵士らが揉み合いになり、あちらでは砲弾の硝煙が上がり、会議室の中だというのにまるで戦場にいるようだ。

――なんだ、これ……。

あまりに生々しい光景に、幻覚でも見ているのかと思わず目を擦《こす》る。そうしている間にも映像は次々に舞台を変え、場面を変えて目前に迫ってきた。よく見れば、あれは自分たちがいるこの城だ。そこに敵軍が攻めこんできてアドレア軍を薙《な》ぎ倒していく。あちこちで血飛沫《しぶき》が上がるのをアンリは息を詰めて見守るしかなかった。

全身の血の気が引いていく。心臓がバクバクと音を立てる。

その時、どこかから祈りのような声が聞こえてきた。マリオンだ。今はもう使われなくなった古い言葉でなにかを囁き続けている。それに共鳴するかのようにサーベルが一瞬煌めいた。

「……はっ……！」

マリオンが目にも留まらぬ素速さで横一文字に剣をふるう。サーベルはビュッと鋭い音を立てて空を舞い、たちまち映像をかき消した。

「消えた……」

驚いたのも束《つか》の間《ま》、再び目の前に幻の光景が広がる。

今度は、兵士たちが海へと投げ出される場面だ。龍人に足を咬《か》まれ、あるいは腕を引かれて水中に引き摺りこまれていく。中には船ごと呑みこまれていく一団もあり、目を覆いたくなるような惨状をまたもマリオンは祈りとともに一刀両断にした。

「彼こそが、〈運命の番〉だ」

ジークフリートがそっと耳打ちしてくれる。

「運命を切り拓く剣をふるうことができるのはマリオンしかいない。カミルが予言した、近い将来この国に起こるであろう災いをふり払ってくれている」

「災いを……？　ということは、アドレアはもう大丈夫なのですか」

「いや。カミルの駒は途中で動かなくなったきりだ。そこから先なにが起こるか、俺たちはまだ誰も知らない。つまり、少しの猶予を得ただけに過ぎないということだ」

特別な力を使ったためか、マリオンはサーベルに縋りながら苦しそうに肩で息をしている。よほど身体的な負担が大きいのかもしれない。それでもザインが肩を支えてやると、彼はほっとしたように微笑んだ。

「マリオンは生まれてすぐ〈運命の番〉としての資質があると認められて、東の砦でザインとともに育てられた。だからだろうな、あのふたりは家族のように強く結びついている」

「そうだったんですね」

ザインはマリオンを椅子まで運び、そこに座らせて介抱する。そういったことは侍従に任せるのかと思いきや、彼は他の人間がマリオンに触れることを頑《かたく》なに拒んだ。怖い人だとばかり思っていたけれど、彼の場合は独占欲の現れなのかもしれない。

それほどに大切にするのが番、ひいては番の力というものなのだ。

〈予言の番〉であるカミル。〈運命の番〉であるマリオン。片や未来を見通し、此方運命をも変えてしまう。ふたりで力を合わせることで将来に希望をつなぐことができる。生まれてはじめて目にした番の力というものに圧倒されるとともに、畏れのような気持ちがこみ上げた。

そういえば、ロベルトも火焔龍を連れていたっけ。伝説の生きものと言われていたドラゴンと意思を通わせ、有事の際には火の力で水を操る龍人たちからこのアドレアを守るのだ。

——番って、なんてすごいんだろう………。

しみじみと嚙み締めている間に会議は終わる。

近日中の再開を決めて参謀会議の解散を告げたジークフリートは、労をねぎらうべく王子と番たちを別室へ誘った。おまえもぜひにと促され、アンリも五人とともに王太子の間へ移る。

ザインとマリオンはそれぞれ一人掛けの椅子へ、ジュリアーノは「こっちの方が落ち着くからね」と大きく張り出した窓辺に凭《もた》れかかった。カミルは出窓に陣取る。アンリはジークフリートとともに、ザインらと向かい合うように三人掛けの椅子に並んで座った。

お茶を飲み、ようやくほっと一息つく。

「朝から長丁場だったな。おまえも疲れただろう」

ジークフリートに目を向けられ、アンリは「いいえ」と首をふった。

「ジークフリート様たちの方こそ。それに、とても勉強になりました。はじめて番の力というものも見せていただいて……あんなにすごいものだったなんて驚きました」

尊敬の念をこめてカミルとマリオンを交互に見るも、その反応は思わしくない。

「ジュリアーノがやれって言ったから。別にオレの意志じゃないし」

「ザイン様がお命じになりましたので……私はそれに従うまでです」

アンリがぽかんとしていると、ジュリアーノが苦笑しながら口を挟んだ。

「カミルは、ほんとはあんまり力を使いたくないんだ。俺が無理に頼んでる」

「ちょっと。わかってて命令してんの」

「しょうがないだろう。国の一大事なんだから」

思いきり顔を顰めたカミルがジュリアーノに向かって「べーっ」と舌を出す。

「ふふふ。懐かない猫みたいだなぁ。そういうところがかわいいんだけどね」

「うるさい。かわいいとか言うな」

カミルはとうとうぷいっと顔を背けた。

それにしてもふたりのやり取りたるや、どちらが王子かわからないほどだ。驚くアンリに、ジュリアーノは番をチラと気遣った後で「少し説明しようか」とこちらを向いた。

「カミルは、俺の番になる前は大工の見習いだったんだ。手先が器用だったのと、お金になるっていうのもあってチェスの駒なんかも作っていてね。ある時、外国から持ちこまれた駒の修理を引き受けたのがきっかけで特別な力が目覚めた」

その駒の持ち主は商人だったそうだ。貿易船に乗る商人たちは、ひとたび海に出ると長い間を船上で過ごすことになる。そのためチェスは嗜《たしな》みのようなもので、珍しい材質、凝った意匠のものが次第に珍重されるようになった。カミルのところに持ちこまれたのも、そんな一風変わった駒だったという。

「潮風ですっかり変色してたけどね。全部バラして、磨いて、ひとつひとつ調えた」

カミルが駒の入ったケースをそっと撫でる。

大切に扱ってもらったからか、あるいは本来の姿を取り戻してその力が甦ったのか。駒は持ち主を見つけたとばかりにカミルと共鳴するようになった。自ら盤上で行く手を示し、それと同時にカミルに少し先の未来を見せた。

はじめは、親方がギルドから呼び出しを受ける話。次に、親方の妻が階段から落ちて怪我《けが》をする話。そのうちに工房の仲間が、向かいのパン屋が、共同井戸がと、ありとあらゆるものに対してこれから起こることを言い当てたせいで、周囲からは気味悪がられるようになってしまった。中にはカミルが災いを連れてくるなどと謂《いわ》れのないことを口にするものさえあった。

一度広まった噂を消すのは至難の業だ。それは工房の信用にも影響する。カミルは親方からクビを言い渡され、住みこみだったために寝る場所さえなくし、途方に暮れていた時に声をかけてきたのがジュリアーノだった。手を差し伸べられたのをこれ幸いと、カミルは逃げるように街を出たという。

「それは……辛かったでしょう」

自分だったらどんなにか戸惑い、苦しむだろう。思わず洩れたアンリの言葉に、けれどカミルは首をふった。

「それでもオレは、この人に救われたから」

カミルにとってジュリアーノは、一対であると同時に自分を助け出し、居場所を作ってくれた恩人なのだそうだ。

「派手好きだし、だらしがないし。飽き性で、大雑把で、繊細さの欠片《かけら》もないような人だけど、でもどんな相手にも偏見がないのはさ、なんかいいなって思うんだよね。バカみたいにあかるいし」

「おや。うれしいことを言ってくれるね。かわいい黒猫さん」

ジュリアーノは満面の笑みでカミルの黒髪を撫でようとするも、その手はぴしゃりと払われる。

「なにが黒猫さんだ。ちゃんと聞いてた？　あんたの悪口いっぱい言ったけど？」

カミルは呆《あき》れたように顔を顰めるものの、ジュリアーノはにこにこと笑うばかりだ。やがて諦めたのか、カミルは大きくため息をつきながら肩を竦めた。

つくづく不思議なふたりだ。ジュリアーノの懐が広いと言えばいいのか、カミルを物怖《ものお》じしない正直者だと言うべきか。そんなことを考えていると、それまで黙って話を聞いていたザインがため息をつきながらジュリアーノを睨んだ。

「まったく……。おまえは番の躾《しつけ》もできないのか」

すぐさまカミルが目を剝くものの、ザインは痛くも痒くもないというように優雅にティーカップを傾ける。肝心のジュリアーノはというと、「うーん」と笑いながら首を傾げた。

「俺は躾とか、そういうのは好きじゃないな。番とは対等だと思ってるし」

「これだから自覚が足りないと言うんだ。おまえは王子で、番とは違う」

「頑固だねぇ。でもまぁ、君んとこの相棒がそれでいいって言うならいいんだろうけど。そこんとこどうなの？　マリオン」

皆の視線がいっせいにマリオンに集まる。隣にいるザインなど睨みつけんばかりだ。それでも彼は動じることなく花のように微笑んだ。

「私はザイン様のために生きています。それが私のよろこびなのです」

ザインが勝ち誇ったように口端を上げる。

「貧しい生まれの私を見出《みいだ》し、東の砦でともに育ててくださったザイン様の御尊父様、御母堂様には感謝の言葉もございません。ザイン様にも大変良くしていただきました。長年お仕えしたザイン様のことならば誰よりも理解していると自負しております」

迷いのない表情から、マリオンが本気でそう言っているのだと伝わってくる。彼は言われたことをただ受け入れているのではない。ザインのためになにかできることがうれしくてしかたがないのだ。生涯尽くしたいと思っていると駄目押しをされ、そんな人生もあるのかと驚かされるばかりだった。

「ところで、そろそろジークフリートのお相手のことも聞きたいな。アンリくん、君は〈幸運の番〉なんだろう？」

「あ…、はい。まだ見習いみたいなものですが……」

「それでも、例のカナリアを歌わせることができたんだよね？」

「はい。とてもいい声で鳴くんですよ」

「へぇ。それはぜひ聞いてみたいな。せっかくこうして会えたわけだし、どうだろう。近づきの標《しるし》に会わせてもらえないかい？」

「カナリアと…、ですか？」

「それはいい。俺もこの目で確かめておきたいと思っていたところだ」

ザインも横から加わってくる。自分では判断がつきかねてジークフリートを見上げると、彼は「大丈夫だ」と頷いてくれた。

「離宮から連れ出しても問題ない。俺もいる」

「わかりました。では、すぐに」

椅子から立ち上がる。それまで部屋の隅で控えていたゲオルクが「私がお持ちいたしましょう」と申し出てくれたが、アンリはそれをていねいに辞して部屋を出た。

なにせ、人一倍怖がりな鳥だ。アンリに懐いてくれている反面、自分以外の人間が近づくとカチンと固まったまま動かなくなる。その上、一度ご機嫌を損ねると仲直りするまでが大変なのだ。

「ノア、どうしてるかなぁ」

長い廊下を早歩きしながら大切な友達に思いを馳せる。

今頃、アンリの帰りが遅いことを心配しているかもしれない。あるいはプリプリ怒っているかもしれない。あれでもかなりの寂しがり屋なのだ。ひとりにしたと憤ってはアンリの指を噛んだり、爪で引っかいたりする。それでも、そんなところもかわいらしくて結局は許してしまうのだけれど。

ついつい思い出し笑いが洩れる。

ひとりになって緊張から解放されたこともあり、しばらく頬をゆるめながら歩いていたアンリは、不意に人の気配を感じてふり返った。見れば、遠くに東の王子の姿があるではないか。

「……ザイン様？」

立ち止まったアンリにあっという間に追いついた彼は、目の前に仁王立ちするなり「おい。おまえ」と乱暴な言葉を投げてよこした。

「仮の番だなどと、中途半端なことをする理由はなんだ」

「え？」

「なにか目的があるんだろう。金か？　権力か？　それで王太子を揺さぶっているのか」

「な……」

あまりに酷い言われようだ。頭が思考停止してしまって、とっさに言い返すこともできない。

それでもアンリは、ジークフリートと自分の身分が天と地ほども違うこと、自分はこの国のことをまるで知らないこと、番として果たす役割を学んでいるところだとつっかえつっかえ説明したものの、ザインはあっさり鼻で嗤《わら》った。

「おまえの言う勉強とやらはいつ終わる？　戦に間に合わなかったらどうするつもりだ？　肝心な時に力を発揮しなければ番などただの役立たずだ。その機会はいつ訪れるかもわからない。明日かも知れないというのに悠長にしているなど、俺にはまったく理解できんな」

ザインの言うことにも一理あると参謀会議を聞いた今ならわかる。

それでもアンリは訴えた。

「なにもわからないまま番になるのは失礼なことだと思うんです。だから時間をいただいていて……。ジークフリート様は待つと言ってくれました。そして親切にしてくださいます」

「ジークフリートがおまえを大切にするのは番の力が必要だからだ。そうすれば王位継承に名乗りを上げることができる。なにを勘違いしているかは知らないが、断じて仲良しごっこではない」

「そんな」

「おまえのしていることは、ジークフリートをふり回しているだけだ。なにが仮の番だ。正式に番になる覚悟もないのならさっさと解放してやれ」

「……っ」

強い口調で断じられ、今度こそ息が止まった。背筋をざわざわとしたものが這《は》い上がり、腹の中に冷たい手を挿し入れられたように胃の腑《ふ》が不安にぎゅうっと竦む。心臓が嫌な感じにドクドクと早鐘を打ちはじめた。

――番の力が必要だから、なんて……。

そんなことはない。そんなはずはない。自分の知るジークフリートは、番の力をほしいがために擦り寄るような人ではない。

それなのに。

目的達成の手段と言われて胸が苦しくなったのも事実だ。ほんの一瞬でも動揺した自分が許せない。心のどこかで直視することを怖れていた現実にアンリは唇をふるわせた。

「ザイン様は……もしもマリオンさんに番の力がなかったとしたら、大切にはされないのですか」

訊ねておきながら否定されることを期待していた。けれど。

「それ以前に、出会ってもいない」

あっさりと切り捨てられ、呆然《ぼうぜん》とするしかなかった。自分のために生きているとまで言ってくれる番がいながら、それを利用価値のある生きものだと捉えているのかと思うと眩暈《めまい》がした。

「これで己の立場というものがよくわかっただろう。決断は早いほど傷も浅くて済む。出ていくなら今のうちだ。俺は忠告したからな」

そう言うと、ザインはくるりと踵《きびす》を返して戻っていく。

その後ろ姿を見送りながら、アンリは苦いものがこみ上げてくるのを感じていた。


一度胸に染み出した苦味は、じわじわと広がりながら内側からもアンリを苦しめた。

落ちこんでいるのを心配してか、この頃ノアがよく囀る。かわいい声で「リリ、リリリ……？」と鳴かれると、どんなに気持ちが沈んでいても自然と顔が綻ぶのだ。

「気にしてくれてるの？　ありがとう」

アンリが話しかけると、ノアはますます張りきって扉をつつく。外に出て遊びたいの合図だ。掛け金を持ち上げて鍵を外してやり、開いた扉のすぐ前まで人差し指を近づけた。

「おいで、ノア」

ノアがちょんと飛び乗ってくる。そうして室内へ連れ出すと、小鳥はうれしそうにアンリの肩に飛び移った。左側に留まっては「チュイー」と鳴き、右側に移っては「トゥルルル……」と歌い、一生懸命友達であるアンリを元気づけようとしてくれている。

「ね、一緒に歌ってくれる？」

アンリが懐かしい歌を口ずさむと、すぐにノアもそれに応えた。

母や姉がよく歌っていた歌だ。家事の合間の気晴らしとして、子守歌として、あるいは眠れない夜のお守りにいつでも身近にあった歌。アンリにとっても大切な歌だ。いつか母のように、姉のように、自分も大切な人に愛情をこめて歌い聞かせたいと思っていた。

——今、一番聞いてほしいのは……。

瞼の裏にジークフリートの顔が浮かぶ。

それと同時に、罪悪感に胸がズキンと痛くなった。

——ジークフリートがおまえを大切にするのは番の力が必要だからだ。

ザインの言葉が甦る。それは抜けない棘《とげ》となってアンリの心に刺さったままだ。狼狽《うろた》えてしまった自分が許せない。なにより、ジークフリートにとっての自分の価値というものをあらためて考えさせられ悄然《しょうぜん》とする思いだった。

——おまえのしていることは、ジークフリートをふり回しているだけだ。

そんなことはないと大きな声で言えたらいいのに。いつか番になるために少し遠回りをしているだけなのだと。

「でも、ほんとうに……？」

いつしか歌うことも忘れて考えに沈む。

この国のことを充分学んだとして、番の役割も理解したとして、自分は果たして彼の番にふさわしい人間になっているだろうか。参謀会議の内容も難しく思うばかりだったのに、いざ戦いの場に出ていってほんとうに役に立てるだろうか。カミルやマリオンたちがしたように番の力がもしも発揮できなかったとしたら——。

その先を想像してぞっとなる。

〈幸運の番〉は、戦いを勝利に導くカナリアを歌わせる力を持つ。ノアが歌えばアドレアには勝機が訪れる。

つまり、自分が役に立たなかったらこの国は負けてしまうかもしれない。マリオンが見せてくれたあの怖ろしい光景が現実のものになってしまうかもしれないのだ。

「………………」

そんなことになったらジークフリートに合わせる顔がない。彼の方だって、アンリを庇《かば》うことはできないだろう。自分が番にと選んだ相手の失敗によって多くの犠牲を出したとしたら彼は自分自身さえ責めるかもしれない。

「そんなの駄目です」

ぶんぶんと力いっぱい首をふる。

そんなのはいけない。自分の存在が彼を追い詰めるものになってはいけない。ジークフリートの役に立ちこそすれ、重荷になってはならないのだ。

あらためて番に課せられた責任の大きさを痛感する。だがそれは、一国の王の双肩にかかる重圧に比べれば些細《ささい》なものだろう。この程度のプレッシャーに負けるようでは番にふさわしくない。

――番になる覚悟がないのならさっさと解放してやれ。

「……っ」

頭の中でくり返す声にアンリはぎゅっと唇を噛んだ。

ザインは正しい。言い方は厳しいけれど、ジークフリートのため、そして国のことを思えばこそ出た忠告だったはずだ。

それでも。

「ジークフリート様と、離れたくない……」

身体をふるわせながら両手の中に顔を埋める。身勝手なことを言っていると百も承知で、それでも偽ることのない本心だった。

この厳格な階級社会において、王太子であるジークフリートはピラミッドの頂点だ。対する自分は最下層であり、本来であれば謁見の機会を得るどころか、城の敷地に足を踏み入れることさえ許されないはずだった。

あの日、森で出会ったことで自分たちの人生は大きく変わった。

お互いの素性も知らずに言葉を交わし、生い立ちを重ね、そして心を触れ合わせた。城に招かれ、番という存在を知ってからも重圧を感じることなく毎日をおだやかに過ごせている。それはとりもなおさずジークフリートがアンリに負担をかけないようにと気を配ってくれているからだ。

五人の王子のまとめ役として責務を果たし、さらには病の床に就いた現王に代わって国政の一部まで担っているジークフリート。王族でありながら偉ぶったところがなく、ひとりの男として接する時にはかわいらしい一面まで覗かせる。弱音を吐くことを良しとせず、時に無理をしてしまうこともあるけれど、すべては国のため、なにより民のためだ。

そんな彼のすることをすぐ傍で見てきた。人柄に惹《ひ》きつけられ、彼のためになにかしたい、役に立ちたいと思うようになるまでそう時間はかからなかった。

自分が番としての責務を果たせるか、正直に言えばとても怖い。

けれど、それと同じだけの誇らしさもある。彼は自分を選んでくれたのだと。

――おまえこそ、我が運命。

ジークフリートの言葉を思い出し、胸がトクンと鳴った。

長い間ジークフリートが探し続けていた〈幸運の番〉。自分たちは出会う前から目に見えない糸で結ばれていたのかもしれない。だからあんな嵐の中でも導かれるようにして出会ったのだ。

「ジークフリート様は、ぼくの運命……」

呟《つぶや》いた途端、胸の奥から熱いものが迫《せ》り上がってきた。

誰かのことをそんなふうに思うなんてはじめてだ。これまで誰に出会っても運命と思ったことはなかった。それなのに不思議だ。彼だけは、特別に思える。

――それはきっと、ジークフリート様だから……。

話しているとほっとするし、会えなければどうしているかと気にかかる。彼の侍従が主人の話をしていると気になるし、侍女たちが彼を褒めていると自分のことのようにうれしくなる。

一緒にいたい。ずっといたい。ジークフリートと離れたくない。

「あ…」

強い気持ちがこみ上げたせいだろうか、庭園での逢瀬《おうせ》が脳裏を過った。

指先でそっと唇に触れる。あの時、もう少しで触れ合うところだった。侍従が呼びにこなければ、自分はあのまま目を閉じていたかもしれない。そして。

――ジークフリート様と、キスを………。

想像した瞬間、自分でも驚くほど心臓がドクドクと高鳴った。

「わっ……」

慌てて強く胸を押さえる。心臓が飛び出してしまうかと思った。

大きな声に驚いたノアは肩から飛び立ち、鳥籠の上で首を傾げている。それを気遣う余裕もないままアンリは一点を見つめながら考え続けた。

あの時、目を閉じていたらどうなっていただろう。ジークフリートの唇を受け止めて、そして……。胸がドキドキして頭がおかしくなりそうだ。相手は自分と同じ男性なのに、触れられることを嫌だとか、気持ち悪いだなんて微塵も思わなかった。

こういう気持ちをなんというか、経験がないながらも知っている。だって両親が言っていた。大切な人に出会ったら胸がドキドキするんだって。運命の相手だとわかるのだって。

「そうか」

やっとわかった。

「ぼく、ジークフリート様のことが好きなんだ…………」

言葉にしただけで胸の奥がきゅんと疼《うず》く。それは痛いような、むず痒いような、それでいて蜜のように甘いものがひたひたと浸み出してくるような得も言われぬ心地がした。

胸に当てた手のひらを内側から鼓動がトクトクと叩いてくる。人を好きになるというのはこんな感じなのか。

ノアが気遣わしげに「チュイー」と鳴く。

その声に我に返ったアンリは、自分が置かれている現実を思い出して愕然《がくぜん》とした。

――ジークフリートがおまえを大切にするのは番の力が必要だからだ。

「そう、だった……」

自分たちは、王子とその番候補として見えない力で引かれ合った。自分を利用するためだけにジークフリートが親切にしてくれているとは思わないけれど、それでも彼の悲願は王位継承だ。聖獣になるためには番がいる。その相手がたまたま自分だっただけのこと。

そう。彼も言っていた。王子と番は、お互いの意志などお構いなしに紐《ひも》付けられるものなのだと。

好きや嫌いなどの個人的な感情を超越した関係なのだ。

そんな相手から好意を向けられて、彼はどう思うだろうか。

「……っ」

怖くなって息を呑んだまさにその時、部屋にノックの音が響いた。アンリが身を竦めるのと同時にノアももとの真鍮に戻る。

ドアを開けると、立っていたのはジークフリートだった。

「突然すまない。顔を見にきた」

「ジークフリート様……」

名を呼ぶ声が掠れる。ついさっき想《おも》いを自覚したばかりであり、同時に後ろめたさのようなものも生まれてしまったからだ。

おかげでうまく目を合わせることもできず、会えてうれしいのにどうしても視線を泳がせてしまう。

狼狽えるばかりのアンリにも呆れることなく、ジークフリートはやさしく微笑んだ。

「どうしたんだ、そんなに慌てて。……あぁ、カナリアと遊んでいたのか」

そう言ってノアの方をチラと見る。

「俺が来たから真鍮に戻ってしまったんだな。楽しんでいただろうに悪いことをした」

「いいえ。ジークフリート様のせいじゃありません。ぼくが……」

思わず口から出てしまいそうになり、慌てて口を噤む。

「おまえがなにかしたのか？　そんなことはないだろう。よく面倒を見てくれている」

ジークフリートは目を細めてノアを見遣る。自分を信頼してくれているであろう彼を騙しているようで心苦しく、アンリはこれ以上この話題が続かないようにノアを鳥籠に戻して鍵をかけた。

部屋に入ってきたジークフリートが二人掛けの椅子に腰を下ろす。その横を目で示され、アンリは落ち着かない気持ちを抱えながらもできるだけ距離を置いて隣に座った。

「どうした。なにか気がかりなことでもあるのか」

知らず知らずのうちに下を向いていたのか、顔を覗きこまれてはっとなる。

「い、いいえ」

「無理しなくてもいい。……やはり、顔を見にきて正解だったな」

「え？」

「最近、どうも元気がないだろう。悩みごとでもあるのではないか」

一瞬、頭の中を見透かされたのかとギクリとなり、すぐにそんなわけないと自分に言い聞かせる。

「悩みなど、なにもありません。ほんとうですよ」

いらぬ心配をかけぬよう微笑んだのだけれど、それを見た彼はなぜかいっそう顔を曇らせた。

「おまえが塞ぎこんでいるようだとヴィゴからも聞いている。そしてその責任は俺にあると思うのだ。だから、今日はおまえに提案にきた」

ジークフリートは居住まいを正すと、あらためてアンリに向き直る。

「城に招いてからというもの、おまえを閉じこめたままでいたな。気詰まりもあったかもしれない。どうだ、おまえさえ良ければ気分転換に行かないか。広い世界を見るのも今後のためになろう」

「気分転換、ですか……？」

聞けば、いざという時に備え、備蓄食料の確認のために西の領地に赴く予定があるという。刻一刻と戦いの足音が聞こえてくるようで少し怖くもあったが、同行に誘われてテオやロベルトの顔が頭に浮かんだ。

おっとりとしていておだやかで、けれど強《したた》かな一面も併せ持つテオ。

真面目で誠実でしっかりもので、なによりテオを大切にするロベルト。

そんなふたりと話した時間はほんとうに楽しいものだった。仮の番になったばかりの自分を気遣い、励まし、味方だとさえ言ってくれた。あのほっとする時間が今は恋しい。

「ぼくも連れていってください」

だから気づいた時には声に出ていた。

「テオ様やロベルトさんにお会いしたいです。テオ様が治めていらっしゃる西の地をこの目で見てみたいのです」

「そうか。良い誘いになったならなによりだ。急ぎ手配させよう」

ジークフリートがようやくほっとしたように頷く。

近いうちに出発すると聞いて、アンリは少しだけ気持ちが軽くなるのを感じた。

数日後、アンリはジークフリートとともに西の地へと出発した。

王太子の視察ということで、当初は陸軍関係者が七、八人ほど護衛としてつくという話もあったが、有事の際には一番に国王を護るようにとジークフリートが厳命し、数人の伴だけが馬でつき従うこととなった。ジークフリートの腹心であるゲオルクやヴィゴも一緒だ。

生まれ育った小さな村と城の中しか知らないアンリにとって、城塞の向こうに行くなどはじめてのことだ。馬車に乗るのもこれが二度目となる。今回はジークフリートも一緒だからか、前に乗ったものよりさらに豪華で大きな二頭立ての馬車が用意された。

西の都まで、馬車で二日の道のりだ。

城を出てしばらくはなめらかな石畳の上を軽快に走っていたものの、都の中と外を区切る城塞門を抜けるとすぐに石畳は土に変わった。ガタガタと軋《きし》みが激しくなり、時折車輪が石を踏むのか車体が右へ左へと大きく揺れる。そのたびに天井や壁に頭をぶつけるのには閉口させられた。

そうこうするうちに車窓の景色は農村に変わる。村の外れで一泊して馬を替え、人間たちも身体を休めてやっとのことで到着した西の地には見渡す限りのなだらかな丘陵地帯が広がっていた。

「わぁ……」

ため息が洩れたきり言葉が続かない。右を見ても、左を見ても、どこまでも小麦畑が続いている。ところどころで土の色が変わり、羊がのんびりと草を食《は》んでいた。

「これが『アドレアの食料庫』だ。都とはまるで違うだろう」

車窓の風景に目を丸くしているとジークフリートが話しかけてくる。

この二日間、狭い車内でずっと向かい合っていた。一緒にいられてうれしい反面、後ろめたさやこれからのことに対する不安のようなものもあり、内心グラグラとしていたところもある。それでもこの雄大な景色を前にした途端、そんなものはどこかへ吹き飛んでいった。

「これが、ジークフリート様が言っていた景色なんですね。小麦畑が金色の海のようだって……」

「よく覚えていたな」

ジークフリートが意外そうな顔をする。

忘れるはずがない。はじめて出会ったあの嵐の夜、教えてもらったことなのだから。

あの時は、この目で見られる日が来るなんて想像もしていなかった。これからさらにそういったものたちに出会えるのだと思うとわくわくする。胸を高鳴らせながら車窓を眺めているうちに、一行は西の城へと到着した。

馬車の扉が開いた瞬間、草の匂いを纏った風がさっと車内に吹きこんでくる。

踏み台を使って地面に降りたアンリが一番最初に感じたのは、小さい、ということだった。中央の城とはかなり違ってこぢんまりとした質素な造りだ。見張り塔こそあるものの、少し大きめの教会と言われても納得してしまう。

歓待を受けているジークフリートの横で木造の城を見上げていると、聞き覚えのある声が彼の名を呼んだ。テオだ。その後ろにはロベルトの姿も見える。

「ふたりともよく来てくれましたね。長旅で疲れたでしょう」

「あぁ。忙しいところをすまないな」

「ジークフリートの頼みとあらば断るわけにはいきませんよ。それに、またアンリさんにも会えましたしね。思ったよりお元気そうで良かった」

「ぼくも、またおふたりにお目にかかれてうれしいです」

「そう。その笑顔ですよ。そうやって笑っていれば元気も出ます」

テオが微笑みながら何度も頷く。

「西にいらっしゃるのははじめてでしたね。ずいぶん遠かったでしょう」

「はい。こんなに離れていたなんて知りませんでした」

「ここは都のように立派ではありませんし、人より羊の方が多く暮らすようなところです。それでも豊かな自然は様々なことを教えてくれますよ。どうかたくさんのものを吸収していってくださいね」

「はい。ぜひ」

草木の匂いが慣れ親しんだ森を思わせるからだろうか、息をするたびに気持ちが軽くなるようだ。

そんなアンリのあかるい声にテオは満足そうににっこりと笑った。

「どうでしょう、ジークフリート。せっかく来てくれましたし、アンリさんに少し城の中を案内して差し上げたいのですが。あなたは部屋で休んでいますか？」

「いや。俺も行こう。いつもは慌ただしく仕事をして帰るだけだからな」

ジークフリートによる城内待機の指示に、ゲオルクたちは一礼して下がっていく。

かくして、テオの引率による四人だけの城内ツアーがはじまった。

「西の領主たちは代々質実剛健を旨として、農民の生活に近い暮らしをしてきました。私の父などは派手な造りに憧れもしたようですが……」

西が『アドレアの食料庫』と呼ばれるようになったのも、農民たちが何代にも亘って土地を耕し、作物を育ててきたからだ。羊の体調を管理し、病気ともなれば昼夜問わずにつきっきりで看病をし、そうやって次の世代へと財産を受け継いできたからだ。

そんな農民と領主は古くから強い絆で結ばれてきた。領主は税を取る代わりに農民たちの生活を保障し、常に生産性を上げるための策を講じ、飢饉《ききん》の際には私財を投げ打って農民たちを救ってきた。

それを表すように、壁には剣や槍《やり》ではなく、鋤《すき》や鍬《くわ》などの農具が飾られている。農業改革を通して農具が進化してきた歴史が一目でわかるようになっていた。

テオがどんな環境で育ち、どんな価値観を持つに至ったのか、そして彼の先祖が代々なにを大切にしてきたのか、城を見るうちに伝わってくる。

ふるまわれた昼食のライ麦パンも山羊《やぎ》の乳も、羊肉や根野菜も、すべてがこの地で獲《と》れたものだそうだ。滋味深い味を噛み締めながら残さず大切にいただいた。

「さて。では、そろそろ今回のお楽しみということで……。馬に乗ってみませんか？」

テオが楽しそうにウインクをよこす。今度はどういうわけだろうと驚いていると、ジークフリートが「備蓄食料の確認に行くのだ」と教えてくれた。

なんでも、食料を保管している倉庫はいくつかあり、馬車では行けないようなところに建っているものもあるため、機動性を考えていつも馬に乗って見て回るのだそうだ。いよいよ任務遂行だとゲオルクや護衛たちもそれぞれ馬を引いて現れた。

案内役を買って出てくれたテオは白い愛馬に、護衛としてロベルトも黒馬に跨がる。アンリ自身は馬に乗った経験はないが、ジークフリートの灰色の馬に便乗してお伴させてもらうことになった。

はじめて見る馬上の景色は想像した以上だった。

「わぁ！　すごく高い……！」

視線が一気にグンと上がり、それまで見ていた景色がまるで違ったものに見える。その感動を伝えたくて勢いよくふり返ろうとした結果、バランスを崩して身体が一瞬ぐらりと傾いだ。

「わっ！」

「おっ……と。こら、馬の上で暴れるな」

手綱を握るのとは逆の手で抱き留められる。ジークフリートが支えてくれなかったら今頃地面に真っ逆さまになっていたかもしれない。逞しい腕に包まれてもまだ胸がドキドキしている。

「す、すみません」

「慣れるまでは鞍《くら》を摑んでいるといい。揺れるからな。身体はまっすぐに起こす……そう。上手だ」

初心者の自分を気遣ってのことだろう。後ろから腰に手を添えられ、耳元で低く囁かれて、ありがたいけれど胸の鼓動は速まるばかりだ。それでも褒めてもらえるとうれしくて、もっと認めてもらいたくて、アンリは指導に熱心に耳を傾け、できるだけ実践することに努めた。

ある程度コツを摑んだところですぐに出発となる。

はじめての馬の背の上は想像していたよりもずっと揺れ、はじめのうちは怖かったけれど、慣れるに従って周囲を見渡す余裕も出てきた。馬と呼吸を合わせることで一体感のようなものも感じられる。それを今すぐ伝えたかったのだけれど、またふり向いたりしたら今度こそ落っこちてしまうかもしれないから、アンリはぐっと我慢して目の前に広がる小麦畑を見渡した。

「あぁ、いい風だ」

土の匂いを含んだ風に、すぐ後ろでジークフリートが嘆息する。

「馬に乗ると様々なことに気づかされる。五感が研ぎ澄まされるように思うのだ」

「ジークフリート様は馬がお好きなんですね。はじめてお会いしたのも狩りの帰りでした」

あの時も、彼は愛馬を甲斐甲斐しく世話していたっけ。

「馬はいい。とてもやさしい動物だ。いつかこうして、おまえを乗せて走りたいと思っていた」

「ぼく、ですか？」

またも胸がドキッとなる。バランスを崩した時とは違う、落ち着かない気持ちにさせるドキドキだ。

――いけない。

自分勝手なことを考えかけたと慌てて自身を戒める。

「ぼくなんてお荷物になるでしょうに……」

「少しでもそう思うなら、はじめから連れてきたりはしない」

おまえと一緒に来たかったんだと言外に告げられ、心臓が一際ドクンと跳ねた。

「おまえといろいろなことを一緒に経験したい。おまえの好きなことを知りたい。俺の好きなことを知ってほしい。そしてできたら、おまえにも好きになってもらいたいと思っている」

「あ…」

じわじわと頬が熱くなる。景色が目に入らなくなる。

前を向いたままだからジークフリートの表情はわからない。けれど今は、赤くなった顔を見られずに済んで良かったと思った。

目的地に着いた一行は、時間の許す限り点在する食料庫を見て回る。

城と同じく木造の倉庫かと思いきや、野生動物の侵入を防ぐべく煉瓦《れんが》造りの二重構造になっていたのには驚いた。碾《ひ》いた小麦や豆、じゃがいもなどの人間の食料だけでなく、中には家畜の餌となる牧草がぎっしり詰めこまれた専用の食料庫もあった。

ジークフリートが熱心に備蓄状況や数量を視察して回るのにアンリもできるだけくっついていく。

この日の行程を終えた後もなお、ゲオルクを交え西の管理者たちと話しこむのを少し離れたところから見つめていると、ポンポンと肩を叩かれた。テオだ。

「あれは長くかかると思いますよ。一度こうと言い出すと頑固な男ですから、ジークフリートは」

そう言って苦笑する。思い当たることがあるのだろう。

「その間に、ちょっと寄り道をしませんか。アンリさんにお見せしたいものがあるんです」

すぐ近くだから歩いていこうと誘われ、ロベルトと三人で小高い丘に登った。彼のとっておきの場所なのだそうだ。

「あぁ、いい頃合いですね」

一足先に頂上に着いたテオがふり返る。

その肩越し、丘の向こうには夕日に照らされた小麦畑が金の海原のように輝いていた。見渡す限りどこまでもどこまでも、視界の端から端、さらにその向こうにまで金色の世界が続いている。麦の穂は風が吹くたびにさわさわと揺れ、それが遥か彼方《かなた》まで細波のように伝わっていった。

言葉になんてすることもできない。いつまでも見ていたくなる景色を前に、アンリはただただ感嘆のため息をつくばかりだった。

「アドレアは、こんなに美しい国だったんですね……」

この国に生まれて良かったと心から思う。

万感の思いをこめて呟くアンリの金色の髪も夕日を受けてきらきらと輝く。ふと視線を感じてそちらを見ると、テオが目を細めてアンリを見ていた。

「あなたは幸福の象徴のような方だ」

そんなふうに言ってもらえて一瞬うれしさがこみ上げたけれど、すぐに〈幸運の番〉としての今の自分の在りよう――仮の番という中途半端な立場であったことを思い出し、なんとも言えない気持ちになる。さらには、国を護るという大切な役目を負った立場であるにもかかわらず、一対の相手であるジークフリートに対して個人的な感情を抱いている己を省みて心苦しくなった。

――いいのかな。そんなぼくが、ここにいて………。

胸の痞《つか》えから逃れるようにチラとジークフリートの方を見る。テオが言ったとおり、彼は管理者たちと熱心に話しこんでいるようだ。あの様子ならすぐに終わることはないだろう。

ならばとアンリは腹を括り、思いきってテオに一歩歩み寄った。

「あ、あの……実は悩みがあるんです。自分ではもうどうしたらいいかわからなくなってしまって、それで…、もしよかったら、話を聞いていただけないでしょうか」

「俺は外しましょうか」

気を遣って離れようとしたロベルトに首をふる。

「いてください。お願いです。……番のことなんです」

「番の？」

不思議そうに訊き返すロベルトに頷くと、アンリは思いきって「自信がないんです」と打ちあけた。

「ぼくは、ただの人間なのに……」

自分のように学もなく、富もなく、名誉もなく、身分の低い人間が王太子の番になるなんてほんとうにいいことなのだろうか。ジークフリートにとって番が必要なのはわかる。それでも一対とは、お互いの人間性に惹かれて結びつくものではなく、それぞれの意志などお構いなしに引かれ合うものだと聞いた。それなのに、彼は自分を大切にしてくれる。ジークフリートがやさしくしてくれればくれるほど申し訳ない気持ちになる。

――分不相応だってわかっているのに、うれしいと思ってしまう……。

そんな自分を止められない。だからますます心苦しい。

絞り出すようにして心の裡《うち》を吐き出すアンリに、テオがふっと微笑んだ。ジークフリートのものとは違う、けれど農具に慣れ親しんだ骨張った手でやさしく背中をさすってくれる。

「ご自分を卑下する必要はありません。ジークフリートは誠実な男性です。たとえお互いの意志とは無関係だったとしても、あなたに誠心誠意向き合いたいと思っているはずです」

「でも……それはぼくが、仮の番だから……」

つい、思ってもみないことがぽろりとこぼれ落ちる。こんな時、ザインに言われたことがまだ胸に突き刺さっていたのだと痛感せずにはいられない。

テオが窺うように目を眇めた。

「……誰かに、なにか言われたのですね」

図星を突かれ、身体がぶるっとふるえる。うまくごまかすこともできずにザインに言われたことを伝えると、テオは深々とため息をついた。その横でロベルトも同じように顔を顰める。

「不安になるのもわかりますが、そんな言葉に惑わされるだけ時間の無駄です。あの人は、あなたを牽制《けんせい》したいだけですから」

「え？」

「言い返せないようにうまく立ち回っているだけですよ。身分が違えばしかたのないことです。俺は庶民なので、アンリさんの気持ちはわかります」

「ロベルトさん……」

「ザインにも困ったものですね。アンリさんにそんなことを言うなんて……」

テオも同じように眉根を寄せた。

「裏を返せば、それだけ彼も焦っているのでしょう。これまでジークフリートは玉座に最も近い男と言われながら、番が見つからないことで王位継承の候補から外れていましたから」

「だから……ぼくが出てきたから……」

「アンリさんを揺さぶって、ジークフリートを玉座から遠ざけたいと思ってのことでしょう。気持ちはわからなくもないですが、あまりスマートなやり方ではありませんね。彼らしくもない」

テオとロベルトは顔を見合わせると、示し合わせたように同時に肩を竦めた。敵国の動きが活発化してきたことに引き摺られてのことかもしれないとテオは続ける。

「今の私に言えることは、先ほどロベルトも言ったように気にしないことです。あなたが信じるべき相手はジークフリートですよ。できたら、その中に私たちも友人として入れていただけるとうれしいですが」

「友人……？　そんなふうに言ってくださるのですか。でも、ぼくはその……」

「仮の番と友人になってはいけませんか？　身分が違ったら親しくしては駄目ですか？」

「俺も、テオ様も、あなた自身と話をしているつもりです」

ふたりの言葉にじわじわと胸が熱くなる。おだやかに笑ってくれていてもその目が真剣なのは痛いほど伝わってきた。

「ありがとう、ございます。テオ様。ロベルトさん」

ロベルトがニッと笑いながら右手を差し出してくる。握手をすると、森で木を切っていた頃の名残だろうか、手のひらはゴツゴツとしていて硬かった。斧《おの》でタコができるのだそうだ。

「友人になった記念に、僕とも握手していただけますか」

「もちろんです。ぼくの方こそ」

テオの手はロベルトほどではなかったものの、鍬でできたタコがあり、それがまた気持ちをほっとさせた。

「聞いてくださってありがとうございました。おかげで、気持ちが楽になったような気がします」

「顔が少しあかるくなりましたね。その意気ですよ」

テオは目を細めた後で、「念のために伺いますが」と声を控える。

「ザインのことは、ジークフリートには……？」

「言っていません。ザイン様たちと変にギクシャクしてほしくないんです。だからテオ様もどうか、このことは内緒にしてください」

「そう…、ですね。今は小さな揉《も》めごとを起こす時ではありませんね。わかりました。その代わり、アンリさん。困ったことがあったらいつでも僕たちに相談すること。いいですね？」

「はい。ありがとうございます」

話を聞いてもらって気持ちが軽くなったばかりか、背中まで押してもらえるなんて。

――ほんとうに来て良かった。

心強さにほっとなる。

テオたちと微笑み交わしていると、ジークフリートが丘を登ってくるのが見えた。

「テオ。そろそろ戻ろうかと思う」

「あちらはもういいのですか」

「あとは城に戻ってから詳細を詰める。……あぁ、それにしても、ここからの眺めは素晴らしいものだな。いつ見ても新鮮で、何度見ても見飽きることがない」

「都とはなにもかもが違いますものね」

「向こうにないものがたくさんある。特に、神から授かった大地の恵みは」

ジークフリートが目を細めながら黄金の海原を眺めやる。

「都がどんなに栄えようと、どんなに外交を広げようと、国が国として存続できるのは『アドレアの食料庫』のおかげだ。この景色を見るたびにこの国の一員であることを誇らしく思う」

「僕も、領民皆の力で国を支えられることを誇りに思います。アドレアの王太子の言葉、領民たちに伝えましょう。きっとよろこぶでしょうから」

同じ王子として、国を護るものとして、テオとジークフリートの間には強い絆があるのだろう。そんなふたりの姿は番としてもうれしいものだ。アンリとロベルトも目と目でそれを伝え合った。

景色を堪能したジークフリートがアンリへと向き直る。

「この景色をおまえにも見せたかったんだ。少しは気晴らしになったか」

「はい。ありがとうございます。乗馬も楽しかったですし、この金の海原も見られて良かったです。

やっぱり自然の中で過ごすとほっとしますね」

たとえ慣れ親しんだあの針葉樹の森とは違っていても、土の匂いに包まれているだけで気持ちが安らぐのがわかるのだ。

風に揺れる麦の穂の遥か向こうにはこんもりと繁った木々がある。あそこにも森があるのだろう。あの中に分け入っていって、木の香りを思いきり吸いこみたい。乾いた落ち葉を踏み締めながらどこまでも探検してみたい。子供の頃のように。城に上がる前のように。

「そういえば、ジークフリート様とお会いしたのも森の中でしたね」

「へぇ。俺たちと同じですね」

「おや、ジークフリートが森にいるとは珍しい。さては狩りでしょう?」

テオやロベルトが賑やかに話に加わってくる。アンリがジークフリートを雨宿りに招いた話をすると、テオはうれしそうに顔を綻ばせた。

「食事のお礼に歌を……そうですか。ジークフリートはうれしかったでしょうねぇ。やっと見つけた運命の相手ですもんねぇ。なんだか僕まで顔がゆるんでしまいます」

「テオ様。そんな顔を領民が見たら何事かと思いますよ。……それにしても、アンリさんは森で暮らす特技をお持ちだったんですね。親近感が湧きます」

「いえいえ、本業の方から見たら全然大したことないんです。でもあの、そう言ってもらってうれしいです。ぼくも親しみのようなものを感じていて……」

「だから友人になれたのかもしれませんね」

ふたりと顔を見合わせて微笑み合う。

しばらく楽しく話していたが、テオがふと、遠くを見ている王太子に気がついた。

「おや、僕たちがアンリさんを独占したのでジークフリートが拗《す》ねてしまった」

「そんなことはない」

名指しされたジークフリートは眉間に皺を寄せながら旧友をふり返る。その顔は拗ねているというよりはどこか苦いものを含んでいるようだ。けれど、アンリにはそれがなぜかわからなかった。

テオには思い当たることでもあるのか、「ふふふ」と肩を竦めている。一息吐いて再び王子の顔に戻った彼は「さて」と一同を見回した。

「では、そろそろ戻りましょうか。風も冷たくなってきました」

「馬を用意してきます」

テオの言葉にロベルトが先に立って丘を降りていく。

その時もジークフリートは遠くを見つめたままで、そのどこか愁《うれ》いを帯びた眼差しはアンリの胸に小さな引っかかりを残すのだった。


その日の夜。

明日の出発に備えてアンリが部屋で荷造りをしていると、ジークフリートが訪ねてきた。

「夜にすまない。少し、話したいことがある」

丘の上で見た時よりいっそう思い詰めた顔をしている。アンリは急いで彼を部屋に招き入れると、広げていた荷物をベッドの端に押しやって、そこにふたりで並んで座った。

「散らかっていてすみません」

「いや、謝るのは俺の方だ。どうしても今夜のうちにおまえの気持ちを聞いておきたかった」

ジークフリートがまっすぐにこちらを見る。

「正直なところを聞かせてほしい。俺に忖度《そんたく》する必要はない。……城を出て、生まれ育った家に戻りたいと思うことはないか」

「え？」

「今日のおまえを見ていて、ここ最近覇気がなかったのはやはり俺が城に招いたせいだと確信した。言ってみれば、カナリアを鳥籠に閉じこめるようなものだ。すまなかった」

「そんな」

「森を懐かしく思い出しているのを見てはっとしたのだ。やはり、慣れない場所での暮らしが負担になっていたんだろう」

思ってもいない方向に話がどんどん進んでいきそうになり、アンリは慌てて首をふった。

「負担だなんてとんでもない。良くしていただくばかりです。ほんとうです」

一生懸命訴えたものの、ジークフリートはうれしそうな、けれど苦しそうな顔をする。

「おまえはいい青年だ。ともにいるほどそれがわかる。……だからこそ心配なのだ。俺は、おまえに我慢を強いているか。それとも、早く番にならなくてはと焦らせているか」

「そんなこと」

「ないとは言えぬ顔をしている」

核心を突かれ、言葉に詰まった。そんな一瞬の迷いを見逃さず、ジークフリートは目を眇めながらそっと手を伸ばしてきた。

大きな手のひらに頰を包まれ、ほっとすると同時に心臓が早鐘のように打ちはじめる。愛《いと》しい人に触れられている、そう思うだけで頭が真っ白になりそうだ。そろそろと上目遣いに彼を見上げかけ、すぐに自分が物欲しそうな顔をしている気がして目を伏せた。

そんなアンリを、緊張感を孕《はら》んだ声が追いかけてくる。

「おまえを困らせるとわかっていても、そんな顔をされたら手放す勇気がなくなる……アンリ」

「……！」

突然の別れを匂わせる言葉にはっとして顔を上げた。

「ぼ、ぼくは、お傍を離れたくありません」

「アンリ？」

「我慢を強いられたと思ったことは一度もありません。ジークフリート様はいつだってぼくを慮《おもんぱか》ってくださいました。無理やり番にすることだってできたでしょうに、時間をくださったのはぼくのためですよね。そんなジークフリート様だったから、ぼくは」

好きになってしまったんです――――。

最後の言葉が口を突いて出そうになり、アンリはとっさに手の甲で口を押さえた。

ジークフリートの目が閃《ひらめ》く。

「アンリ。その先を、訊ねても……？」

ぎゅっと目を閉じたまま首をふる。いくらなんでも、その先を口にしたら罰が当たることぐらい自分でもわかる。畏れ多いにもほどがある。天と地ほども身分の違う人なのだ。

「尊敬…、しています」

消え入りそうな声でそれだけを絞り出すと、ややあってジークフリートが小さく嘆息した。

「……やはり、俺の自惚《うぬぼ》れに過ぎないのか」

「え？」

俯いたまま目を開ける。視界に映ったジークフリートの靴、ズボン、上着、シャツの襟……そうやって見上げていった先にあったのは、はじめて見る切なげな表情だった。

「それでも、俺にとっておまえは運命の相手だ。毎日をともに過ごすほどにそれを感じる。おまえは見ず知らずの場所に連れてこられたにもかかわらず、番としての素養を身につけるためにほんとうに良くやってくれている。いくら国のためとはいえ、誰にでもできることではない。どんな時も運命を受け入れ、強くしなやかに生きる力がおまえには宿っている」

「ジークフリート様」

「おまえが俺の一対として、番になってくれたらどんなにいいだろう。いらぬプレッシャーになるだろうからと言葉にするのを避けてきたが――――もう、抑えられない」

アンリ。

いつもよりも低く、噛み締めるように名前を呼ばれる。真剣な眼差しは痛いくらいで、目を逸らすこともできないまままっすぐに焦げ茶色の瞳を見上げた。

「俺は、おまえを手放したくないのだ。それと同じくらい、おまえには常にしあわせであってほしい。森を散歩したいなら連れていこう。他にもやりたいことがあるなら叶えよう。俺は、おまえが笑っていてくれるためならなんでもする」

「そ、そんな過分なお申し出……ぼくにはもったいないばかりです」

自分は、仮の番という名のただの庶民だ。恐縮するばかりのアンリに、けれどジークフリートは毅然と首をふった。

そうしてアンリの左手を取り、両の手のひらで上下から挟むように包みこむ。宝物を扱うように大切に触れられ、熱を伝えられて、分不相応と思いながらも鼓動は瞬く間に早鐘を打った。

「一対としてだけではない。……生涯の伴侶として、ともにいられたらどんなにいいだろうと」

「え？」

「愛しているのだ。アンリ」

その瞬間、息が止まる。音が消える。頭の中が真っ白になって、すぐには言われたこともわからなかった。

――愛しているのだ。

じわじわと胸の中が熱くなる。言葉が染みこんでいくほどに熱に浮かされて溶けてしまいそうだ。

そんなことがあるなんて。

愛してくれていたなんて。

――ジークフリート様が、ぼくを……。

王家に生まれ、将来を嘱望され、五人の王子たちの中心的役割を担う、この世のありとあらゆる栄光を両手に持って生まれたような彼が、この自分を。

――同じ気持ちだったなんて……。

この想いは許されないものだと思っていた。庶民の分際で王太子に恋心を抱くなど、畏れ多いにもほどがあると。それに、相手は同性だ。どうやったって叶わないものだと思っていた。

けれど。

許されるのかもしれない。未来があるのかもしれない。

逸る胸が期待にふくらむ。まっすぐにこちらを見下ろすジークフリートに、自分も同じ想いを抱いているのだと打ちあけようとした、まさにその時だった。

——ジークフリートがおまえを大切にするのは、おまえを番にしたいからだ。

「……！」

ザインの言葉が呪いのように甦った瞬間、現実に引き戻されてはっとなった。そんなはずはないと自分に言い聞かせるアンリの脳裏にジークフリートの言葉が過る。

——おまえが俺の一対として、番になってくれたらどんなにいいだろう。

「……あ…………」

愕然とした。

これまで言葉にするのを我慢してきたジークフリートも、本音ではアンリを番にしたいと思っている。そのために時間を与え、英才教育を施している。

——違う。

それとこれとは別の話だ。そのためだけに大切にしてくれているわけではない。

長い間目を逸らしてきたわずかな綻びをもうひとりの自分が解きにかかる。必死にそれを諫《いさ》めようとするのだけれど、一度気づいてしまったものから目を逸らすことができない。

生涯の伴侶にしたいと言ってくれた。愛していると。

でも、それさえも番を得るためだとしたら……。

「……っ」

怖くなってジークフリートを見上げる。

けれど、濁りのないまっすぐな目を見ているうちに、疑問を持ってしまったことへの後ろめたさで苦いものがじわじわと胸の中に広がっていった。

もし、自分が〈幸運の番〉でなかったとしたら。あるいは、番としての力がなくなってしまったとしたら。それでも彼は愛していると言ってくれるだろうか。自分を必要としてくれるだろうか。

心細さばかりが表に出ていたのだろう。ジークフリートは深いため息とともに目を閉じた。

「やはり困らせてしまったか。不快な思いをさせて悪かった」

「違います！」

とっさに出た大きな声に、さすがのジークフリートも驚いたようで目を瞠る。それを正面から見返しながらアンリは身を乗り出した。

「不快だなんて言わないでください。ジークフリート様が悪いことなんてなにもありません」

「無理をするな。俺が我儘を言ったんだ」

「いいえ。ぼくが。ぼくがいけないんです。ぼくが……」

だって自分で自分が許せない。一瞬でも彼を疑ってしまったことが。愛を告げられてもなお、胸を張って受け止められない意気地のなさが。

「どうしてそんなふうに言う。おまえがいけないなどと誰が決めたのだ。……おまえは、怖ろしくはないのか。俺が権力にものを言わせておまえを意のままにしようとしているかもしれないのだぞ」

「ジークフリート様はそんな方ではありません。ジークフリート様を侮辱しないでください」

無我夢中で言い返す。いくら本人の言葉とはいえ看過することはできなかった。

「ぼくの大切なジークフリート様は、とてもご立派でやさしい方です。自分の我儘を通すために人をモノのように扱ったりしません。それは、ご自身が獣人として心ない声に傷ついたご経験があるからです。痛みを知っている人は、人を大切にできるものです」

「アンリ、おまえは……」

それまで息を詰めて聞いていたジークフリートが、ほうっと長いため息をつく。

「おまえに惹かれた理由があらためてわかった気がする」

大きな手が伸びてきて、頬にかかった髪を払われる。

「おまえが俺を大切だと言ってくれたように、俺もおまえが大切だ。おまえの気持ちが俺のものとは少し違っているのだとしてもな。俺は、恋愛対象としておまえを見ている。それでもおまえは嫌だと言わずにいてくれるか」

条件反射で頷くと、ジークフリートの眼差しがいっそう熱を帯びた。

「無理強いはしたくない。おまえに嘘はついてほしくない。……だが、万にひとつの望みがあるなら俺はそれに賭けてみたい」

真剣な表情はいっそ怖いくらいで、見つめられているだけで無意識のうちに喉が鳴る。

頤を下からそっと掬《すく》い上げられ、ジークフリートの顔が間近に迫った。

「俺を憎からず思うなら、どうかくちづけを許してくれ」

「あ…」

いけない。触れたらきっと伝わってしまう。

頭ではわかっているのに身体はぴくりとも動かない。心が望んでいるからだ。彼に触れることを、触れられることを、心の底から渇望しているからだ。

「愛している……」

熱い吐息が頬を掠めたと思った次の瞬間、やわらかなものが唇を塞ぐ。グイと腰を抱き寄せられ、くちづけはさらに深くなった。

――どうしよう。ジークフリート様と、キスを………。

こんなことがあるなんて。こんな夢のようなことがあるなんて。

胸はドキドキと高鳴るのに罪悪感ばかりがふくらんでいく。自分の気持ちも、不安も、なにもかも秘密にしたままのはじめてのキスは、ほろ苦い後悔の味がした。

*

それからというもの、寝ても覚めても頭の中はジークフリートのことでいっぱいになった。

どこにいても、なにをしていても、気づくと彼のことばかり考えている。何度も唇を触ってキスの余韻を追いかけてしまう。こんなことははじめてで、これから先、自分がどうなってしまうのかわからなくて怖かった。

罪悪感も、抜けない棘も、どちらもまだ胸にあるのにそれでもジークフリートを見ると胸が高鳴ってしまうのだ。無意識のうちに姿を探し、視界から消えるまで目で追ってしまう。

そんなアンリを、ジークフリートはとても大切に扱ってくれた。万にひとつの望みがあるならとの言葉を現実のものとするべく心を砕いてくれているのだろう。

毎日のように花を届けさせ、少しでも時間ができると離宮を訪ねてきてくれた。庭を語らい歩き、あるいは馬に乗って遠出にも連れていってくれた。アンリが植物や自然に触れるとよろこぶと知ったからだろう。そうやって時間を共有している時の彼はとても楽しそうで、政務の息抜きになるならと自分に言い訳をしながらしあわせな時間を甘受した。

そんなふたりはどこから見ても仲睦《むつ》まじい一対に見えたことだろう。周囲は「アンリが正式な番になるのも時間の問題」と期待を寄せ、病の床にいる国王やそれにつき添う皇后もその日を待ち望んでいると伝え聞いた。

それでも、自分が番になっていいのかという迷いは残ったままだ。

そのくせ、ジークフリートへの想いは日増しに募るばかりで、ずっと傍にいたいとも願ってしまう。己の狡《ずる》さとどうしようもない恋心の間でグラグラと揺れ動く日々が続いた。

それでも、日常はおだやかであったと思う。あの日、伝令が息せき切って部屋に駆けこんでくるまでは――――。

「畏れながら申し上げます。ジュリアーノ様が、至急お伝えしたいことがあると」

執務室で海軍司令官らと議論していたジークフリートがはっとしたように顔を上げる。

「ジュリアーノが？　まさか来ているのか」

「はい。たった今ご到着になりました」

嫌な予感がした。

島から城までは船と馬車を乗り継がなければならない。気が向いたからといってひょいと来られるような場所ではないのだ。その上、下船してからは数少ない伴だけをつれて早馬を使ったと聞いて、さらに胸騒ぎが募った。

悪い報《しら》せではないだろうか。一刻も早く相談しなくてはと思うほどの。

顔を見合わせたジークフリートも同じことを考えたようで、すぐさまゲオルクに指示を飛ばした。

「まずは聞こう。至急、海軍関係者を集めてくれ。官僚たちもだ」

「はっ」

慌ただしく侍従たちが駆け出していく。

それと入れ替わるようにして、ジュリアーノその人が取り次ぎも介さずに入ってきた。何度も通い慣れているためか、勝手知ったる城の中とまっすぐここへやってきたのだろう。はじめて会った時はあかるく朗らかだった彼も、今は真剣な顔をしている。

「ジュリアーノ」

ジークフリートが立って南の王子を迎えた。

「なにがあった。おまえ自ら訪ねてくるとは、ゲルヘムに気になる動きでもあったのか」

「そう……。ちょっと面倒なことになるかもしれない」

ジュリアーノが整った顔をくしゃりと歪める。

そこへ、招集を受けた海軍の大尉や中尉たちが慌ただしく駆けこんできた。官僚たちもバタバタと席に着くのを確かめて、ジークフリートは一同を見回す。

「ジュリアーノからゲルヘムについて報告がある。内容如何《いかん》で対策を検討したい」

いっせいに目を向けられたジュリアーノは「懇意にしている貿易商がいてね」と話しはじめた。

「世にも珍しい品々を仕入れることに命を懸けているような男さ。彼が言うには、アドレアから南へ二ヶ月、三ヶ月と下った先に、手つかずの宝石がわんさと眠る山があるらしい。地元の人間を雇って採掘させて、それを宝石に加工して売ることで莫大《ばくだい》な富を築いたんだとか」

商人としての嗅覚もさることながら、宝石に対する審美眼、さらには亜種珍種の膨大な知識も備えているという界隈《かいわい》の宝石商なら知らないものはいない強者だそうだ。

そんな彼が、ある日ジュリアーノに耳打ちをしてきた。

「ゲルヘムが、最近になって宝石を買い漁《あさ》ってるってね。ノースブルーっていう淡い水色のきれいな石、知ってる？　その希少性の高さから、小さな原石ひとつで船が買えるって専《もっぱ》らの噂だ」

「宝石を？　それどころではないはずだが」

ジークフリートが首を傾げる。官僚たちも同様に互いに顔を見合わせた。

長年隣国ローゼンリヒトに小競り合いをしかけていたゲルヘムは、このたびついに敗戦が確定し、その代償でかなりのダメージを負ったところだ。多額の賠償金に加え、一時的に輸出入が制限されるなどの措置を受けている。もともと軍事一本槍で産業が乏しかった国だけに国力は相当弱まっているはずだ。そんな時に宝石を買い漁るだなんてアンリでも不思議に思う。

「当該国の輸出入は禁じられているはずでございます。ゲルヘムと取り引きした貿易商たちも無事では済まされますまい」

「よほど報酬を弾んでいるのでしょうか」

「そこまでして、いったいなんのために……」

「貢ぎ物にするためさ。どこかと手を組むためにはそれなりの礼がいる。是が非でも力を貸してもらいたい相手先があるんだろう。敵は全力でアドレアを潰しにかかるつもりだと俺は踏んだ」

「なっ……」

「カミルが予言しただろう。『この国の包囲はもうはじまってる。災いは何度も襲ってくる』と」

「……！」

ジュリアーノの言葉に場がざわめく。それを制してジークフリートは冷静に情報を整理した。

「確かに、ローゼンリヒトに大敗したゲルヘムがまた真正面から戦いを挑んでも返り討ちにされるだろう。ならばどこかと手を組むのが得策だ」

「しかしながら、ゲルヘムはこれまでどの国とも友好関係を結んだことのない、それどころか周囲と軋轢《あつれき》を生んでばかりの鼻摘《つま》みものでございます。そんなところと手を組むなど……」

「ゲルヘムと結んで最も得をするのは誰か」

「ローゼンリヒトを討ちたいもの」

「そんな国があるものでしょうか」

「考えにくいことだが、地の利からすればイシュテヴァルダだ」

「……！」

ジークフリートの言葉にアンリははっとして顔を向けた。

世界の北の果てにある、美しいオーロラが見られる国だと聞いた。善良な人間の王が治めている国だとも。そのイシュテヴァルダが、ゲルヘムと手を結んで背後から隣国を討つだろうか。

目は口ほどにものを言ったのか、こちらを見たジークフリートも困惑の表情を浮かべた。

「おまえが言いたいことはわかる。俺も疑いたくはないが……」

もしも現実となれば怖ろしいことが起きるのだ。北からはイシュテヴァルダ、南からはゲルヘムに隣国ローゼンリヒトが挟み撃ちされるということは、その過程で自分たちのアドレアも巻きこまれることになる。どれだけ凄惨な戦いになるのか、もはや想像もつかない。

「急ぎイシュテヴァルダに使者を送る。国として、平和的解決を正式に申し入れる必要がある。北のゲーアハルトに頼もう」

北の領地へ行くにはリノ山脈という険しい山を越えなければならない。誰にそれを託すのか、また申し入れの内容はどのようにすべきかと一同が話題を移した時だ。

「悠長なことを。それで敵国を阻めるとでもお思いですか」

「ゲーアハルト！」

執務室の扉が開いたかと思うと、見ていたようなタイミングでひとりの青年が入ってきた。

腰まである長い髪は生糸のように真っ白で、白い肌ともあいまってどこか神秘的な印象を与える。淡いブルーの瞳は光の入射角によって色が変化するようで、見る角度によって彼の印象をガラリと変えた。とてもこの世のものとは思えない。それなのに、目を逸らすこともできない。

内心怖れを抱きながら見入るアンリをよそに、ジークフリートは立ち上がって彼を迎えた。

「来ていたのか。まさに今、おまえのところへ急いで遣いを出そうと話していたところだ」

「えぇ、存じておりますよ。すべて星が示したままに」

ゲーアハルトが顔にうっすら笑みのようなものを浮かべる。表情を変えないまま、薄い唇を弓形に吊り上げるひんやりとした笑い方だった。

彼には確か、双子の弟がいたはずだ。もとは獣人として生まれながら、人間へと転生した……。

「彼が北の王子だよ。そして彼の番は謎が多い」

「え？」

いつの間に隣にいたのか、ジュリアーノがそっと耳打ちしてくれる。

「彼の番は〈宿星の番〉と呼ばれていてね。星の運行を読むだけでなく、その軌道を操って宿命さえ変えることができると言われてる。つまり、意に沿わないことはねじ曲げられる。なにもかも自分たちの思いどおりにね」

「そ、それって……」

独裁のための力ではないのか。

目を瞠っていると、ゲーアハルトが氷のような視線をこちらへ向けた。

「物騒なことを言わないでいただけませんか、ジュリアーノ・フォン・ラインヘルツ。あなただってまだ死にたくはないでしょう？　それからアンリ。あなたもね」

「……！　どうして、ぼくの名前……」

「なんでもお見通しですよ。おとなしくしておいでなさい。くれぐれも、私たちの邪魔になるようなことは謹んで」

「ゲーアハルト」

ジークフリートが窘める。

それでも北の王子は顔色ひとつ変えずに悠々と部屋の端まで歩いていくと、窓際に置かれた椅子にゆったりと腰を下ろした。ドレープの広がる真っ白な長衣が実に優雅だ。長い髪が椅子の上で蜷局《とぐろ》を巻く。ゲーアハルトはゆっくりと時間をかけて足を組むと肘掛けに片手を乗せ、その上に顎を置いて、もったいぶった調子で一同を見回した。

「それで？　この私を、イシュテヴァルダへ？」

「あぁ。アドレアの代表として交渉を頼みたい。万が一にも、イシュテヴァルダがゲルヘムと組むようなことは避けたいのだ」

「それを嫌がっているのは我々だけで、イシュテヴァルダには利のある話なのかもしれませんよ」

「ローゼンリヒトを討つことがか」

「大国ですからね。それに、ローゼンリヒトを支配下に治めれば『あたたかい港』が手に入る。北の果ての彼らにとって、凍らない海はむしろ悲願でもあるでしょう」

ゲーアハルトの言葉にも一理ある。

世界の北の果てともなれば、長い冬の間は海の水が凍ってしまい、身動きが取れなくなるからだ。冬期も自由に航行できるようになれば国はいっそう潤い、また大いに栄えるだろう。

「ゲルヘムも、イシュテヴァルダが味方をすれば彼らの弱点である陸での動きが補強されますから、ますます自由に動き回れるようになるでしょうね」

軍事関係者たちが顔を見合わせる。

「しかし、長年友好関係にあった隣国に突然手のひらを返すとも思えません」

「そのための貢ぎ物であろう。ただの金銀財宝とはわけが違う。一粒で大型帆船が買えるというほどの希少な石を目の前に積まれたらどうする。あるいは船いっぱいにして差し出されでもしたら……」

「いやいや。相手は龍人だ。あのイシュテヴァルダ王がそんな子供騙しの手に乗るとは思えぬ」

「とはいえ貿易拠点は喉から手が出るほどほしいはず。その好機と見る可能性も……」

皆が闊達《かったつ》な議論をくり広げる中、ゲーアハルトだけが妙に落ち着き払った様子で口角を上げた。

「ほうら、ご覧なさい。私が悠長なことをと言った意味がおわかりでしょう」

「さっきのおまえの話も、もしやすべて星に出ているのか」

「私が嘘をついているとでも？」

ジークフリートがごくりと喉を鳴らす。

対するゲーアハルトは薄い唇を三日月のように撓《しな》らせ、王太子が逡巡する様子をじっと見ていた。

「私が食い止めておきましょう。その間に、あなた方は知恵を絞って対策を」

ゲーアハルトは優雅な仕草で立ち上がり、ドアへと向かう。彼の侍従と思しき男性が扉を開くと、彼はその前でふり返り、固唾を呑んで見守る一同を眺め回した。

「どうぞくれぐれもご注意を。背後を取られたと気づいた時にはもう手遅れですからね」

扉が閉まるや、場の緊張感が濃度を増した。開戦という言葉が一気に現実感を帯びてくる。

「〈宿星の番〉とその王子の見立てだ。間違いあるまい。これまでは海戦一本に焦点を絞っていたが、陸上戦の可能性も考えなければならなくなった。直ちにすべての官僚と陸軍司令官を招集してくれ。参謀会議を開く。それから、東と西にこの事態を報せる早馬を」

「はっ」

ジークフリートの指示に侍従たちがいっせいに駆け出していく。

緊迫感にアンリがまごついていると、それに気づいたジークフリートが「おまえは外していい」と退室を促してくれた。

「長くかかる。じっと聞いているのも疲れるだろう」

「ちょっと外の空気でも吸いにいこうか。ジークフリートは今手が離せないだろうし」

「ジュリアーノ様」

「ジュリアーノ。おまえは戻ってくるんだぞ」

「わかってるってば」

苦笑しながらジュリアーノが軽く肩を竦める。他の人間がやったら気障《きざ》に見えるだろうそんな仕草も彼だと自然に思えるから不思議なものだ。アンリはジークフリートに向かって一礼すると、南の王子とともに部屋をあとにした。

廊下に出ると、慌ただしさが目に見えて広がっていた。

侍従たちが走り回り、閣僚らも次々にやってきてはバタバタと会議室に駆けこんでいく。長期戦を覚悟してのことだろうか、侍女たちの一団が調理塔へと向かうのが見えた。

これが開戦前の景色なのだ。これから怖ろしいことが起こるのだ。日常があっという間に変わっていくのを肌で感じてざわざわとした不安に包まれた。

「アンリくんにははじめての経験だね」

ジュリアーノにポンと背中を叩かれる。

「そんなに不安そうな顔をしないで。ちょっとあっちへ行こうか」

そう言って大きな柱の向こうに促される。執務室の前は終始人が行き来しており、落ち着いて話せないと考えてのことだろう。

やっとのことで騒がしさから遠ざかると、ジュリアーノは安心させるようににっこり笑った。

「大丈夫。ジークフリートが指揮を執ってくれている。彼は頼りになる男だよ」

「は…、はい。そうですよね。ジークフリート様がいてくだされば、きっと……」

なにもかもうまくいく。国の危機だって乗り越えられる。

そう言うと、ジュリアーノは眩しいものを見るように目を細めた。

「きみはほんとうにまっすぐでいい子だね。心から信じてるって顔してる。だからこそ、自分だけのものにしてしまいたいってジークフリートも思ったんだろうけど」

「え…？」

「ねぇ、アンリくん。きみは、ジークフリートを国王にしたいと思う？」

口調は至っておだやかなのに、どうしてだろう、ジュリアーノの目が笑わなくなった。向けられた眼差しに鋭利なものを感じてアンリは一瞬答えに詰まる。

ジュリアーノはすぐにもとの顔に戻って「ん？」と首を傾げてみせた。

「俺の前だから遠慮してる？　いいんだよ。番は皆、一対の相手を王位に就けたいと思うものだ」

「それじゃ、カミルさんも……？」

「そうだね。『あんたには無理じゃないの？』って冷たいこと言ったりするけどね。でも俺が王位を欲してるのは知ってるし、協力してくれることにもなってる。俺たちの場合は利害の一致っていうのかな。お互いギブアンドテイクの関係だから」

わかりやすいだろ、とジュリアーノが笑う。

「俺が王位に就いたら、カミルは王の番として一生の安泰が約束される。彼は職を離れて久しいし、それに戻る家もない。だから番として俺に力を貸してくれる代わりに、俺が彼の将来を保証する」

「そうなんですね」

そういう関係もあるのだ。王子と番は強い絆で結ばれるものだと聞いていたけれど、一対によってその価値観は様々なようだ。

「まぁ、ザインに言うと思いっきり嫌な顔されるけど。あいつには番を養うって考えがないから」

「でも、マリオンさんは一緒に育ったようなものだって……」

「あそこはもう家族みたいなものだろうね。王位に就こうが就くまいが、ザインからマリオンの手を離すことはないと思うよ。これは俺の勝手な想像であり願望だけど」

それはアンリも同意見だ。ザインの名を聞いただけでまだ胸が痛むけれど、それでも彼と彼の番が末永くしあわせであったらいいなと思う。

ジュリアーノはゆるく腕を組むと、近くの柱に凭れかかった。

「五人の王子のうち四人が王位を狙ってる。それはきみも知ってるだろう？　テオ以外皆だ。そしてそのうち三人に番がいた。そう、ジークフリート以外にね。そしてとうとうジークフリートもきみという番の相手を連れてきた。これで勝負は四人になった――――そう思うかい？」

アンリが頷くと、ジュリアーノは少し困ったような、それでいて逸る気持ちを抑えられないような複雑な顔をする。

「王の役目は国を護ることだけじゃないんだよ。ほんとうにジークフリートに務まるかな？」

「どういう、ことですか」

「はっきり言おうか。その方がきみのためだ」

ジュリアーノが間合いを詰めるように琥珀《こはく》色の目を眇めた。

「きみは、ジークフリートのことが好きだよね？　もちろん恋愛対象として」

「……っ」

「そしてジークフリートもきみを愛してる。きみたちはとてもわかりやすくお互いを想い合ってる。見ていて微笑ましいくらいにね。これが普通の恋愛だったら俺も応援したいところだけど」

一度言葉を切ると、ジュリアーノは力なく首をふる。

「きみもジークフリートも男性だ。どんなに惹かれ合ったとしても子を成すことは決してできない。それはわかるね？　だから、ジークフリートが王位に就いたとしたら、彼は后《きさき》を迎えることになる。王には血統を残す義務がある」

「………」

息が、止まった。

頭で理解するより早く感情がそれを呑みこんでいく。

――彼は后を迎えることになる。

つまり、ジークフリートはいずれ女性と結婚するのだ。次の世代へ王族の系譜をつなげるために。どうしようもない現実を前に目の前が真っ暗になる。これまでのすべてが塗り潰されていくようでどうしたらいいかわからなくなった。

「ジュ…、ジュリアーノ様は……ジュリアーノ様が王位に就かれたとしたら……」

辛《かろ》うじてそれだけ絞り出したアンリだったが、ジュリアーノの顔を見てそれ以上の言葉を失った。

彼は、笑っていたからだ。

「俺は結婚するよ。それが王となるものの務めだ」

「それじゃ、カミルさんは」

「もちろん番として大切にするさ。さっきも言ったとおりね」

なんということだ――。

愕然とするアンリに、ジュリアーノは「ザインもゲーアハルトも同じだよ」とつけ加えた。

「王子と番は替えの利かない特別な関係だ。でも、それと王家の血とは別の話だからね」

その口調に躊躇《ちゅうちょ》はない。彼の話を聞けば聞くほど胸がぎゅうっと痛くなる。微動だにしなくなったアンリの耳元にジュリアーノが唇を寄せた。

「ジークフリートは『玉座に最も近い男』だけど、『玉座に座ることのできない男』でもある。気の毒だけど、アンリくん……きみといる限りは」

「――」

「悪く思わないで、これは事実だ。傷は浅い方がいい。その方が早く治るだろうからね」

会議に戻ると言い置いてジュリアーノが去っていく。

残されたアンリは呆然としたまま柱を背にずるずると床にしゃがみこんだ。ジュリアーノの言葉で頭がいっぱいで小刻みに身体がふるえる。

その視界はもう、なにも映すことはなかった。

思い詰めたアンリはとうとう体調を崩した。

摘み取った花がやがて萎《しお》れていくように床に伏せる日々が続く。番になるための勉強を続けることもままならず、最近では離宮に籠もる毎日だ。それがますますアンリの罪悪感に拍車をかけた。

――王には、血統を残す義務がある。

ジークフリートの傍にいることが楽しくて、しあわせで、そんなことにも気づかなかった。王族の系譜に連なる彼がどんな重責を背負っているのか、まるでわかっていなかった。

彼も言っていた。獣人の出生率が低いのは、獣人の父親からしか血を受け継がないためなのだと。王の血統そのものが希少種なのだ。跡継ぎを残さなければ獣人の血が絶えてしまう。

――俺は結婚するよ。それが王となるものの務めだ。

だからジュリアーノは当然のように言ったのだ。生まれた時から覚悟していることなのだろう。けれど、そのことをカミルはどう思っているのだろう。割りきっているのだろうか。嫌と言えずにいるのだろうか。自分と同じように苦しんでいるのだとしたら……。

そこまで考えてはっとした。

いくら王子と番が特別な関係であったとしても、そこに恋愛感情を持ちこむのはおかしいことなのかもしれない。だって相手も自分も同性だ。お互いをつなぐものは尊敬や信頼であるべきだ。

それなのに、ひとりの人として彼を愛してしまった。そしてジークフリートも同じようにアンリを想ってくれている。いつか妻《めと》を娶り、子を成さねばならぬとなった時、より苦しむのは彼の方だ。

「……っ」

王として一番大切にしなければならないのは家族だ。人生の伴侶であり、血を分けた子供たちだ。

そこに番がしゃしゃり出ては邪魔になる。第一彼の心を掻き乱すだろうし、彼の伴侶となった人をも苦しめる。妻以外の男を同時に愛する父親の姿なんて子供に見せていいはずもない。

この恋がいかに許されないものか、よくわかった。

それなのに、心はまだ悲鳴を上げる。

誰かと結婚式を挙げるジークフリートを見守らなければならないなんて。その腕に我が子を抱き、しあわせそうに笑うのを遠くから見つめるしかないなんて。

「嫌、だ……」

声は惨めに掠れ、ふるえて落ちた。

いっそ消えてしまえたらいいのに。出会いまで時を戻せたら。あの時声をかけなければ自分たちはきっと今頃――――。

それがどんなに詮ない夢想かわかっている。お互いの意志とは無関係に引き合う関係である以上、彼から離れられないことも、他の誰かでは代わりにならないこともわかっている。

進むこともできず、さりとて退《ひ》くこともできず、もう一歩も動けない。

強く唇を噛み締めたその時、不意にノックの音が響いた。

「あ…」

こんな時に限って応対に出てくれる侍女がいない。しばらくひとりで休みたいからと我儘を言って下がってもらっていたのだ。しかたなく身体を起こしかけたものの、頭の重さに眩暈がした。ここのところずっと伏せっていたせいで筋力がすっかり低下している。

そうこうしているうちに、待ちきれないとばかりに寝室のドアが開いた。

「アンリ。入るぞ」

「ジ、ジークフリート様……」

まさか、さっきまで思い描いていた本人が目の前に現れるなんて。ただでさえ一触即発の状況下、寝る間もないほど忙しそうだと侍女たちからは聞いていたのに。

「無理をするな。そのままでいい」

起き上がろうとするアンリを制したジークフリートがベッドの脇までやってくる。わずかな隙間時間を見つけて見舞いに来てくれたのだと思うと、途端に自分が恥ずかしくなった。

「お見苦しくて申し訳ありません」

寝間着のまま、髪も梳《と》かさずぼさぼさだ。彼に会えるとわかっていたらせめて身繕いだけでもしておいたのに。

「床に就いている時まで気を張っていては疲れてしまう。それに、俺は病人は見慣れているぞ」

ジークフリートはなんでもないことのようにそう言うと、あらためてアンリの顔を覗きこんだ。

「それより、具合はどうだ。まだあまり顔色は良くないようだな。熱は……」

額に触れられそうになり、はっとして身を逸らす。

「アンリ？」

「あ……す、すみません……」

「いや。俺の方こそ驚かせた」

ジークフリートは手近な椅子を持ってくると、ベッドの傍に腰を下ろした。

赤銅の色の長い髪が窓からの光を受けて燃えるように輝く。なんと雄々しい人だろう。美しい人。

勇ましい人。どんな美辞麗句も彼には足りない。

――好きです……あなたが、とても…………。

息をするように自然に、そして胸の奥を焼くように熱く、ジークフリートへの想いがこみ上げてくる。気を張っていないと言葉がこぼれ出してしまいそうで、アンリはぎゅっと唇を嚙んだ。

「アンリ」

愛しい宝物の名を呼ぶようにやさしく呼びかけられ、心臓がドキンと鳴った。見返した焦げ茶色の瞳は慈愛に満ちていて、トロトロと煮詰めた花の蜜のように甘い。

「髪に、触れてもいいか」

だから、ほんとうなら拒まなくてはいけなかったのに、誘惑に負けて頷いた。

大きな手がためらいがちにそうっと髪を撫でていく。なんてあたたかく、やさしい手なのだろう。目を閉じて息を殺す。そうしないとうれしくて泣いてしまいそうだった。

「はじめて会った時、おまえのこの金色の髪をカナリアのようだと言ったことがあったな。こうしているとあの夜のことを思い出す。おまえの歌声に心がふるえた時のことを……」

「番だと、思ってくださったから、ですか」

目を閉じたまま、つっかえつっかえ言葉にすると、ジークフリートが小さく笑った。

「それもある。正直な。やっと見つけたと。……だが、とにかくおまえの歌が素晴らしかった」

「カナリアを…、歌わせることができると？」

「いや。俺自身がそう感じたんだ。おまえの歌には人の心を包みこむ魅力がある。あぁ、動物たちの心もだな。洞窟の前に集まってきた鳥や獣たちを見てうらやましく思ったものだ。俺の知らないおまえを知っているのだと」

「ジークフリート様……？」

思わず瞼を上げる。見上げたジークフリートははにかみながら苦笑していた。

「笑ってもいいぞ。動物相手に妬《や》いたのかと」

「え？」

「今思えば、あの時からおまえに惹かれていたのだろうな。おまえは俺にとって〈幸運の番〉である以上に、かけがえのない存在だ。今に、カナリアにすら嫉妬するようになるかもしれん」

そう言ってジークフリートは肩を竦める。

おだやかな眼差しは、けれど情熱的な愛に満ちていて、見つめているだけで熱が伝わってくるようだった。息をするのも忘れてじっと見つめる。胸がドキドキと高鳴っていく。目を逸らさなくては、不惑を誓わなくてはとわかっているのに動けない。動きたくないのだ。彼から視線を外したくない。こうしてずっと見つめ合っていたい。

「アンリ」

心臓が一際大きく、ドクン、と鳴る。

「愛している」

「あ…」

言葉にされた途端、罪悪感に胸が軋んだ。狼狽《ろうばい》するのが見て取れたのだろう。ジークフリートは眉根を寄せながらも、それでもというように首をふった。

「弱っているおまえにこんなことを言うのは良くないことだとわかっているのだ。それでも、伝えられるうちに言葉にしておかなければと」

「それは…、どういう……」

「近いうち、戦いになる」

「……！」

息を呑んだ。

「こうしてふたりの時間を持つことも徐々に難しくなるだろう。だが心配は無用だ。この城が危険に晒されることはない。おまえは安心して一日も早く身体を治してくれ」

「でも…、でも、ジークフリート様は」

「俺も今すぐ出ていくことはない。そのための交渉だ。ゲーアハルトがイシュテヴァルダを説得してくれれば万事うまく運ぶだろう」

安心させるように大きな手でやさしく髪を撫でてくれる。前髪を掻き上げられ、露《あら》わになった額にやわらかな唇が触れた。それは一瞬の出来事だったのだけれど、全身に甘い痺《しび》れが広がるような、鋭い棘が刺さるような、甘苦しい心地をもたらした。

「おまえは、俺が護る。必ずだ」

それが誓いのキスだと痛いほどわかる。だからこそ想いが募り、申し訳なさがこみ上げた。

――いけない。これ以上は。

王子と番というもとの関係に戻さねばならない。彼が王位に就けるように、そして彼と彼の家族を苦しませずに済むように。自分の方から手を離さなければ。

――――嫌だ……。嫌、だ……！

心の中でもうひとりの自分が叫ぶ。なにもかも放り出して、縋ってしまいたいと本音を喚《わめ》く。それでも彼のためなのだ。決断しなければならないのだ。

——好きです……。あなたが、とても。とても………。

言葉にできない想いを胸の中に押しこめて、アンリはぶるぶるとふるえるこぶしを握った。

「長居をしたな。そろそろ行く」

「ジークフリート様」

立ち上がりかけたジークフリートの上着を引くと、アンリは心を無にして口を開いた。

「もう、愛してるって言わないでください」

「……アンリ……？」

ジークフリートが目を瞠る。そんなふうに冷たい言葉を投げつけられるとは思いもよらなかったのだろう。驚いた顔が、みるみるうちに痛みをこらえるものに変わっていった。

「それは、心変わりをしたということか。それとも……はじめから俺のことなど想ってくれてはいなかったのか。すべて俺の思い過ごしか」

「……っ」

「どうしてもか、アンリ。どうしても、俺を受け入れることはできないか」

「…………」

口を噤むことしかできない。いくら待っても答えを返そうとしないのを見て、やがて彼の表情は失望に色褪《あ》せていった。

「……万にひとつの望みもあればと、願っていたが……」

焦げ茶の目がゆっくりと眇められていく。

「だが、無理強いはしたくない。そしておまえに嘘もついてほしくない」

取り返しのつかない事態にガタガタと身体がふるえる。

けれどジークフリートは意を決したように深く息を吸った後、きっぱりと唇を引き結んだ。

「望みはわかった」

そう言うと、ジークフリートは返事を待つことなく部屋を出ていく。

自分たちを隔てた扉を呆然と見つめたまま、アンリは長いこと身動《みじろ》ぎもできずにいた。


それからは砂を噛むような日々が続いた。

食欲は衰える一方で、侍女たちが運んでくれる食事もほとんど手をつけないまま下げてもらうばかりだ。ジークフリートを傷つけてしまったことへの罪の意識でいっぱいで、大好きな歌を歌うことも、人と会って話すことすらままならなくなってしまった。

部屋の隅に置かれた鳥籠の主はもう長いこと真鍮のままだ。アンリが話しかけさえすれば、たちまち鳥の姿となって「ピピッ」と元気な声を聞かせてくれるだろうに、今やカナリアさえもその輝きを失って久しい。こんな時は友達の気持ちを汲んでくれるものなのか沈黙を保ったままだった。

将来がまるで思い描けない。彼を傷つけてまで、彼に嘘をついてまで、到達する未来に意味なんてあるのだろうか。

――――でも、いいんだ。きっとこれで良かったんだ。

何度も自問自答しそうになるたび唇を噛み、必死に自分に言い聞かせる。そうしていないと自分を保っていられなかった。

その日も、窓辺の椅子に腰かけてぼんやりと外を見ていたアンリは、遠くに大勢の軍人たちの姿を見つけてはっとなった。

「あれは……」

城の前の広場から城門に向かって陸軍連隊らしき男たちが勢いよく行進しているのが見える。閲兵のために待機していたのだろうか。手に手に長銃を持ち、虎の紋章のついたアドレアの国旗を掲げているものまでいる。

「あ……」

それがなにを意味するのか気づいた瞬間、全身から血の気が引いた。

――近いうち、戦いになる。

「まさか」

ジークフリートの言葉を思い出し、いても立ってもいられない思いで立ち上がる。

けれどあまりに勢いよく動いたせいで立ち眩《くら》みを起こしたアンリはそのまま床に崩れ落ちた。

「アンリ様。何事でございますか」

「いかがなさいましたか。アンリ様」

物音を聞いた侍従たちがバタバタと部屋に駆けこんでくる。

情勢の悪化を懸念して、ジークフリートが護衛のためにと手配してくれたものたちだ。城の中まで危険は及ばないと言いながらも、万が一を考えて離宮の入口と控えの間にひとりずつ配置してくれていたのだった。

その意味を、もっと深く考えるべきだった――今さら悔やんでももう遅い。

「あ、あの……！」

アンリは助け起こされるのも待てず、侍従のひとりに取り縋った。

「あれはなんですか。まさか、戦いに行くんですか」

「おっしゃるとおり、出撃でございます」

「なっ…」

目の前が真っ暗になり、ひどい眩暈に襲われる。上体がグラリと傾いだところを侍従に支えられ、アンリはベッドへと上げられた。

それでもうかうかと寝ていられるわけなどない。ヘッドボードに凭れかかったアンリは、「どうか安静になさってください」と宥め賺《すか》す侍従たちに乞うて頼んで事の顛末《てんまつ》を教えてもらった。

「これは、一朝一夕に決定されたことではございません。もうだいぶ前から一触即発の状況に陥っていたのでございます」

侍従が苦渋に顔を歪める。

時が止まったままの離宮を嘲笑《あざわら》うかのように、国の情勢は刻一刻と変わりつつあった。ゲルヘムが突如として攻撃をしかけてきたのだ。アドレアが海上貿易を妨げたとの事実無根な噂をでっち上げ、それを御旗に龍人たちは南の領海に侵入してきた。

島々から成るジュリアーノの領地は多国籍の帆船が行き交う重要な貿易拠点だ。巡回のため投錨《とうびょう》中だったアドレア海軍の船のみならず、他国の帆船までもが襲われ、荒らされ、沈められた。

人々は逃げ惑い、それを追ったゲルヘム兵によって襲撃と略奪がくり広げられた。〈予言の番〉であるカミルの見立てによってある程度の予測はしていたとはいえ、予想を遥かに超える規模の大軍に攻めこまれ、前線に配備していたアドレア軍だけでは手に負えないまま南は壊滅的な被害を受けた。

それだけではない。南を襲ったゲルヘムたちは一気に東にも雪崩れこみ、今やザインの治める東の砦も危ういとの一報に、城内の緊迫感はいや増していたのだと言う。

「そんな………」

まるで知らなかった。いや、知ろうともしなかった。自分のことで精いっぱいで、この国がどんな状況に置かれているのか気を配る余裕もなかった。

「でも敵は……、ゲルヘムは、隣国を挟み撃ちにするんじゃなかったんですか」

それをなんとしても阻止すべく、ジークフリートは北の領主にイシュテヴァルダとの交渉を頼んでいたはずだ。

「我々もそう思っていたのですが……」

侍従たちは苦しげに顔を見合わせた。

聞けば、交渉の結果を訊ねる書簡をたびたび北に送っていたそうだが一度として返事はなく、さらには再三の援軍要請にすら応じる気配もなかったそうだ。

「そのため、王太子様自ら連隊を率いて出撃なさることに」

「そんな…、だって、ジークフリート様にもしものことがあったら……！」

「そのための連隊です。そのための陸海軍です。全力でお守りいたします」

「でも！」

考えたくもないけれど、万にひとつということがある。

――万にひとつの望みもあればと。

「……っ」

ジークフリートの言葉が甦り、今ここにいない人を想って胸がぎゅうっと痛くなった。いけない。こうしている間にも彼は戦場へ行ってしまう。国のために身を投げ出してしまうかもしれない。祖国のために尊い血を流してしまうかもしれない。そう思ったらいてもたってもいられなくなって、侍従たちが目を瞠るのを後目《しりめ》にアンリは部屋を飛び出した。

「アンリ様！　お待ちください！」

制止をふり切って階段を駆け下り、外へ駆け出したまではいいものの、足が縺《もつ》れて転んでしまう。手のひらが煉瓦に擦れて燃えるように熱い。それでも必死に起き上がろうとするのを追いついた侍従に捕らえられた。

「はっ…、離して。離してください。行かなくちゃ……！」

「そのようなお身体でどこへ行こうとおっしゃるのです」

ふたりがかりで押さえられ、抵抗も虚しく部屋に連れ戻されそうになった時だ。

「なにをなさっておいでです」

「ゲオルクさん！」

顔を上げると、鎧《よろい》姿の王の腹心が急いで馬から下りるところだった。伝令として城に戻ったというゲオルクは、離宮の前で侍従たちに取り押さえられているアンリの姿を見つけ、何事かと飛んできたのだという。

「またすぐ戦場に戻るんですよね。それならぼくも連れていってください」

アンリは矢も楯《たて》もたまらずゲオルクに縋る。

けれど侍従たちから掻い摘んで事情を聞いた彼は断固として首を横にふった。

「アンリ様を戦場にお連れするなど絶対になりません。必ずや安全な場所でお守りするようにとジークフリート様の厳命です」

「ぼくはジークフリート様のお役に立ちたいのです。カナリアを歌わせることができるのはぼくしかいません」

「それでもなりません。万一のことがあったらどうなさいます」

「国にとってもそれは同じです。ジークフリート様に万にひとつのことでもあったら……！」

自分にはノアがついている。カナリアが歌えばアドレア軍は勝利に導かれる。〈幸運の番〉として役に立てるのは今しかない。敵国の好きにしておくわけにはいかない。

切々と訴えるアンリに、ゲオルクは唸った。ジークフリートからよくよく言い含められているのだろう。それでも、国のことを思えばアンリの言うことも一理あると考えてくれたに違いない。

押し問答の末、とうとうゲオルクが折れた。

「ならば、絶対に私から離れないとお約束いただけますか。このゲオルク、命に代えてもアンリ様をお守りする覚悟でございます」

「わかりました」

頷きはしたものの、ゲオルクを楯になんてしない。一刻も早く戦いを終わらせて皆で城に帰るのだ。

覚悟を決めたアンリのために大急ぎで身を守るための装備が用意された。といっても、鎧や兜《かぶと》、鎖帷子を手配している時間はない。そこでゲオルクは鎧の上から羽織る外衣を持ってこさせると、寝間着姿のアンリに被せた。赤地に金の刺繍《ししゅう》で虎の紋章をあしらった特別なものだ。

「このアドレアの紋章がアンリ様をお守りくださるでしょう」

そう言ってゲオルクは十字を切ると、アンリを馬へと押し上げる。

ぐんと高くなった視界を見晴《みは》るかし、アンリは持ってきてもらった鳥籠を胸に抱えた。後ろに跨がったゲオルクが鞭《むち》をくれると同時に灰色の馬が高く嘶《いなな》き、全速力で大地を走りはじめる。高らかに響く蹄《ひづめ》の音と荒々しい馬の鼻息、そして瞬く間に蹴散らされていく砂利や土埃《つちぼこり》に、アンリは硬く目を閉じながら懸命に鬣《たてがみ》に縋った。

一度だけ、ジークフリートに馬に乗せてもらったことがあった。ふたりでテオの領地を訪れた時のことだ。はじめて見る馬上からの景色に自分は歓声を上げ、彼もまた楽しそうに笑っていた。

それが、今は――――。

あまりの変わりように強く奥歯を噛み締める。こうして現実が壊れてみてはじめて、自分がいかに恵まれていたのかを思い知った。

――――でも、諦めたくない。

一度失っても取り戻せるはずだ。もとのとおりに戻れるはずだ。

己を奮い立たせながら戦場に赴いたアンリだったが、やがて鼻孔を掠めた硝煙の匂いにはっとして顔を上げた。

「これ、は……」

遥か先でくり広げられている光景に思わず言葉を失う。

海からの侵入を阻むため建てられたという分厚い城塞は砲弾によって無惨にも穴が空き、あたりには濛々《もうもう》と砂煙が立ちこめていた。瓦礫《がれき》の下からは兵士たちの呻《うめ》き声に混じって血の匂いが漂ってくる。目を覆いたくなるような惨状に身震いすると、馬を止めてくれたゲオルクが後ろから覗きこむようにしてアンリの顔色を窺った。

「あれが戦場というものでございます。引き返すなら、今ここで」

「いいえ」

怖ろしさを力尽くで呑みこんで、アンリは毅然と首をふった。

「あそこにジークフリート様がいらっしゃるなら、ぼくは行きます」

そのための番、そのための自分だ。この意志は変わらない。

ゲオルクは小さく頷くと、再び馬を駆ってアドレア本陣へとアンリを連れていってくれる。

けれど、ふたりの到着が告げられるや、中からはジークフリートの怒号が響き渡った。

「なぜ連れてきた！」

陸軍小隊と近衛《このえ》兵によって何重にも囲まれた野営本陣は物々しく、外からでもピリピリとした雰囲気が伝わってくる。ゲオルクに続いて足を踏み入れると中は思った以上に薄暗く、いくつもの蠟燭を照らした中央にジークフリートが座っているのが見えた。

全身を板金甲冑《かっちゅう》で覆い、傍《かたわ》らに羽根飾りのついた兜を置いた彼はまるで知らない人のようだ。いつもおだやかな笑みを浮かべている頰は硬く強張り、暗い中にあっても焦げ茶の双眸が蠟燭の光に照らされ爛々と光っていた。

その彼が、目の前に進み出た腹心を怒りも露わに睨《ね》めつける。

「ゲオルク。俺の命令を忘れたか。俺はおまえになんと申しつけた！」

「大変申し訳ございません」

ゲオルクは床に頭を擦りつけんばかりに平身低頭する。

「今すぐ城に連れて帰れ」

こちらには一瞥《いちべつ》もくれないまま有無を言わさぬ口調で言い渡され、アンリはとっさに進み出た。

「ぼくが無理にお願いしたのです。ゲオルクさんは悪くありません」

ジークフリートがようやくこちらを見る。

「ここがどういうところかわかっているのか。おまえが来るところではない」

「いいえ。ぼくが来るべきところです。ノアも一緒に」

抱えていた鳥籠を差し出す。真鍮の鳥にジークフリートがわずかに目を眇めた、その時だった。

ドオオーン！　という地響きのような音が立て続けに聞こえたかと思うと、横殴りの爆風が本陣を襲った。バラバラとなにかが落ちる音を人々の阿鼻叫喚《あびきょうかん》が追いかける。

全員がはっとしたところへ、陸軍小隊長が駆けこんできた。

「申し上げます。ゲルヘムの砲弾が城塞に命中。度重なる砲撃に壁はもはや跡形もなく」

「敵は軍船から泳いでアドレアへ上陸。一斉射撃をものともせずに接近中です」

「なんだと」

全身からざあっと血の気が引く。

ついに、アドレアの城塞が崩された。さっき聞こえたのは壊れた城塞の破片が飛んできた音だったのだろう。そしてそれを皮切りにとうとう陸上戦がはじまってしまったのだ。

全身を硬い鱗で覆われた龍人たちは、陸上での動きこそ遅いもののワニのように太く長い尾をふり回してアドレア兵たちを薙ぎ払い、進軍してきているのだという。倒れたものの喉に喰《く》らいつき血を啜《すす》るものもいると聞いて、怖ろしさにふるえるアンリのすぐ前でジークフリートが立ち上がった。

「おのれ……っ」

ジークフリートが剣を抜いたのを見て陸軍小隊長が血相を変える。

「ジークフリート様。なりません。どうかお静まりください」

「ここは我らにお任せください。必ずや食い止めて参ります」

いっせいに立ち上がった大隊長や伝令に向かって、陸軍司令官が号令をかけた。

「急ぎ全軍に伝えよ。これより陸上作戦に移る。待機していた中隊は直ちに左右から敵を挟み討て。大隊は混乱したところを正面から突く。小隊は本陣を護衛。すべては作戦どおりに」

「はっ」

男たちは一礼すると慌ただしく駆け出していく。残ったジークフリートはテーブルの上に地図を広げ、司令官やゲオルクら複数人で戦況を読みながら会議をはじめた。

「ノア」

真剣な横顔にごくりと喉を鳴らしながら、アンリは今こそとばかりに鳥籠のカナリアに話しかける。アンリの声にノアはすぐに目を覚ましてくれたが、一緒に歌おうと言いかけてアンリはとっさに耳を塞いだ。

「……っ」

地響きのような音がさっきよりずっと近くから聞こえる。

剣と剣がぶつかる衝撃音、隊を鼓舞するラッパの音色、耳を澄ませばびゅんびゅんと飛び交う弓の音さえしてきそうだ。兵士たちの叫び声が届くたび、砲弾の落ちる音が響くたびに身体がふるえた。

そんなアンリを励まそうとノアは囀ってくれたものの、彼のか弱い声は戦場ではたちまちかき消されてしまう。

——どうしよう……。

これでは足手纏いだ。無理を言って連れてきてもらったのに、肝心なところで役に立たないなんて。カミルやマリオンの顔が脳裏に浮かぶ。彼らのように、いざという時に番の力を発揮できてこそ意味がある存在なのに……。

「いたっ」

不意に、指先をつつくものがあった。ノアだ。まるでアンリに「しっかりして」と言うように金色の小鳥は毅然とこちらを見上げている。「ピピッ」と鋭く鳴くのを聞いてアンリははっと我に返った。

「そう、だよね。怖じ気づいてちゃ駄目だよね」

自分たちが頑張らなくてはアドレアを勝利に導くことはできない。

大きく息を吸いこむと、アンリは意を決して歌いはじめた。最初のうちこそ声はふるえ、周囲にかき消されてばかりだったけれど、ノアが歌い継いでくれたことで自然と勇気が湧いてくる。

——どうか一刻も早く戦いが終わりますように。どうかこれ以上傷つく人が出ませんように。

思いをこめ、願いをこめてアンリとノアは歌い続ける。

するとどうだろう。さっきまで薄暗かった陣の中がうっすらとあかるくなりはじめた。

テーブルを囲んでいた男たちは驚いて顔を上げ、こちらを見る。ひとりがなにかに気づいたのか、急いで陣営の入口を開け放った。

土埃や硝煙が濛々と立ちこめる阿鼻叫喚の中、信じられないことが起ころうとしていた。

あれだけ曇天であったにもかかわらず、分厚い雲をかき分けるようにして一筋の光がアドレア軍の頭上に差しこんだではないか。眩い光は勝利を約束するかのように兵士らを包みこんだかと思うと、瞬きをする一瞬の間にかき消すようにすうっと消えた。

「お、お……！　あれが〈幸運の番〉によるものか……！」

「なんと素晴らしい。我々アドレアを勝利に導いてくれているのだ」

司令官は昂奮を抑えきれないとばかりに声を弾ませ、ゲオルクや閣僚たちも頷き合う。

「はじめてこの目で見た。あれがおまえの力か」

目を瞠るジークフリートを歌いながら見上げたアンリは、やっと役に立つことができたうれしさで胸をいっぱいにしながらさらにさらにと歌を重ねた。

この奇跡にアドレア軍は大いに沸き立ち、士気が高まったまでは良かったものの、だが戦況が一転することはなかった。アドレアの勝利で幕を閉じることを願っての行動だっただけに、一進一退どころかどんどん敵に押されているとの報告が入るたびに陣内の温度感は下がっていく。

――――どうして……。

きちんと歌えたはずなのに。奇跡は起きたはずなのに。

心細さに声はどんどん小さくなり、とうとう口を噤んでしまう。気を張っていたのがゆるんだせいか、隙間風の冷たさに今さらのように身体がふるえた。寝間着の上に外衣を纏っただけの格好なのだ、無理もない。いつの間にか冷えて強張ってしまった指先を擦り合わせ、少しでもあたたかさを取り戻そうとしていると、不意に「アンリ」と名を呼ばれた。

ジークフリートだ。こちらにやってきた彼は自らの甲冑を脱ぎ、着ていた中綿入りの鎧下を差し出してくれた。

「寒いのだろう。今はこれぐらいしか貸してやれるものがない」

「でも、ジークフリート様は」

「構わん」

「あ……、ありがとう、ございます」

申し訳ない気持ちと、それでも気にかけてもらったうれしさで胸の奥が熱くなる。

――あんなに酷いことを言ったのに……。

彼の気持ちを拒絶するような真似をしたのに、それでもジークフリートはやさしい。

アンリは深々と頭を下げて鎧下を受け取ると、一度外衣を脱いで袖を通した。自分より一回りも二回りも大きいそれからはジークフリートの匂いがする。まるで抱き締められているようで、こんな時だというのに胸が鳴った。

アンリの着替えをさり気なく手伝ったゲオルクも、見栄えを調えながら励ましてくれる。

「どうぞお力落としのございませんように。仮の番というお立場でありながら、あれほどの力を発揮されたのです。充分すぎるほどでございますよ」

「あ…」

それを聞いてはっとした。

――ちゃんとした番じゃなかったから……。

あんなに大手をふってやってきたのに、半人前の自分にはしょせん中途半端なことしかできないなんて。せっかく皆の士気が高まったところだったのにこれではぬかよろこびにしかならない。

「アンリ！」

そっと唇を嚙んだその時、切迫した声に名を呼ばれた。

同時に、ビュッ！　という空気を切り裂くような鋭い音も。大量の矢が打ちこまれたのだとテーブルに突き刺さった矢羽根を見てはじめて気づいた。

「ジークフリート様！」

ゲオルクが悲鳴のような声を上げる。

「くそっ。こんなところまで迫っているのか……。近衛兵はなにをしている。小隊はどうした！」

ジークフリートの怒号に司令官が侍従を伴って入口を塞いだ。

「大丈夫か。怪我はないか」

そうして見下ろされてほっとしたのも束の間、ジークフリートの腕から血が流れているのを知ってアンリは声にならない叫びを上げた。

「ジ…、ジークフリート様、腕が……お怪我が……！」

鏃《やじり》が袖を掠めたのか、逞しい腕から見る間に鮮血があふれてくる。それでもアンリを庇うようにもう片方の手で強く抱き寄せたジークフリートは、怪我に構うことなく大声で叫んだ。

「我々には勝利が約束されている！　怯《ひる》むな！　全軍一歩も退いてはならない！」

力強い言葉に地鳴りのような声で応えた兵士たちが再び敵陣を押し返していく。濛々と土煙を上げながら果敢に挑むアドレア軍を最後方で睨みながらジークフリートは鬼神のように声を上げ続けた。

ゲオルクが手配したのか、すぐさま救護のものがやってきて怪我の手当てをする間も彼は指揮の手をゆるめない。時に司令官にさえ発破をかけながら本陣を脅かした敵軍を、国を蹂躙《じゅうりん》した害悪を、徹底的に殲滅《せんめつ》せんとばかりに追いこんでいった。その鬼気迫る様子に声をかけることもできないままアンリは固唾を呑んで成り行きを見守る。

アドレアが辛うじて勝利を収めたのは、それからしばらく経ってのことだった。

シンと静まり返った部屋の中、蠟燭の芯が燃えるわずかな音だけが耳に届く。

こうして息を詰めていると、怒号が飛び交う戦場にいたのが夢の中の出来事のようだ。それでも、それが確かに現実であったことを横たわるジークフリートが教えていた。

右腕には包帯が巻かれている。怪我のせいで熱も出はじめ、時折苦しそうに呻くのに寄り添うことしかできないまま、アンリは冷たい水で絞った布で額の汗を拭い続けた。彼がこうなってしまったのもすべては自分の責任だ。

――ぼくを、庇ったから……。

あの時、自分が寒そうにしなければ彼は甲冑を脱ぐことはなかった。そもそも自分がいなければ、彼は戦いに集中していられたはずだ。

自責の念に押し潰されそうになりながらどれくらい傍にいただろう。蠟燭の炎が弱々しく揺らめいた夜半過ぎ、ジークフリートがふっと目を覚ました。

「ジークフリート様」

とっさに顔を覗きこむ。

「……アンリか……」

ゆっくりとこちらに顔を向けたジークフリートは、アンリが無事であることを見て取り、ほうっと安堵のため息をついた。

「お加減はいかがですか。どこか痛むところはありませんか。今、お医者様を呼んで参ります」

「いや、いい」

踵を返しかけたものの、それより早く左腕を伸ばして引き留められる。

「ここにいてくれ」

「でも…」

「おまえにいてほしいのだ。アンリ」

そんなふうに言われて腕をふり払えるほど心を鬼にすることはできない。アンリが再び椅子にかけると、ジークフリートはようやくのことで腕を離した。

静かな部屋の中に衣擦《きぬず》れの音だけがする。

天井を向いた彼は、ここではない、どこか遠くを見るような目をした。

「夢を見ていた。懐かしい夢だ。おまえに出会った時のことを……。あの頃は、こんな未来が待っているなど思いもしなかった」

お互いの名前も、身分も、秘めた力も、なにもかも知らずに出会った自分たち。運命の糸はたおやかにふたりを結びつけ、かくも残酷な現実を突きつけた。

「だが、そうして出会えたおまえのおかげでアドレアは護られたのだ。王太子として礼を言う」

まっすぐに見つめられ、とっさに感じたのは後ろめたさだ。アンリはふるふると首をふりながら下を向くことしかできなかった。

「お礼だなんてとんでもないことです。ぼくは……お役には、立てませんでしたから」

「アンリ？」

「あんな中途半端なことしかできずに、よろこんでくださった皆さんを苦しめて……。その上、ジークフリート様にお怪我まで……」

「アンリ。それは違う」

語尾を奪うように言葉を重ねたジークフリートがベッドの上に起き上がる。

「おまえのおかげで皆は奇跡に与《あずか》ったのだ。アドレアに神の御加護が宿った瞬間だった。あれほどに軍の士気が高まったことはかつてない。おまえがカナリアとともに我らを勝利に導いてくれたのだ。誇っていい」

「ジークフリート様……」

戦いがうまくいったのはジークフリートをはじめ、陸海軍の司令官や各隊隊長らが計画遂行のため死にもの狂いで戦ったからだ。自分がしたことなんてほんの一瞬、天から光を導いただけに過ぎない。それでも奇跡と言ってくれるなんて。士気が高まったと言ってくれるなんて。

――――頑張って、良かったんだ……。

心の中で呟いた瞬間、それまで張り詰めていたものがすうっとどこかへ消えていった。胸の奥から熱いものがこみ上げてきて、その熱がじわじわと広がっていく。今が『その時』なのだとはっきりとわかった。

「ジークフリート様。お願いがあります。――ぼくを、番にしてください」

そう言った瞬間、ジークフリートが目を瞠る。

「意味をわかって言っているのか」

「はい。少しでもジークフリート様のお役に立ちたいのです。お願いです」

この決断に迷いやためらいは微塵もない。それを伝えるために一心に見つめる。

どれくらいそうしていただろう。彼は覚悟を決めたように唇を真一文字に引き結んだ。

「わかった」

ベッドを下りたジークフリートと真正面から向かい合う。こんなふうに顔を見上げるのはいつぶりだろう。蠟燭の灯りに照らされた彼は凜と雄々しく、ずっと見つめていたくなる。

――これから、この方の番になるんだ……。

それはなんて誇らしいことだろう。

胸を熱くするアンリとは裏腹に、だがジークフリートの頰はどこか強張って見えた。

「これから行うことを伝えておく。番の儀式は、獣化した王子が番の力の一部を取りこむことで完結する。すなわち、おまえの血をもらい受ける。……俺がサーベルタイガーの獣人であることは話したことがあったな。実際に獣を見たことはあるか」

「いいえ」

「牙の大きな怖ろしい動物だ。体長は二メートルにもなる。人間のおまえなどゆうに呑みこんでしまえそうに見えるだろう」

――ほんとうに、俺が怖ろしくはないのか。

はじめて会った時、彼は何度も何度もそう訊いた。獣人と人間は似ているけれど決定的に違う生きものだ。どれだけ共生していようとも一度獣化すれば怖れられ、遠巻きにされることで深く傷ついてきたのだろう。

ジークフリートは言った。獣人は、野生の獣とは違うのだと。自分にはそれが彼の心の叫びのように思えたのだ。

獣型を晒すのは勇気がいることに違いない。それならば、自分も勇気で応えなくては。

「ぼくが怖れるとお思いですか」

「アンリ？」

焦げ茶の双眸をまっすぐに見つめながら一歩近寄る。

「ぼくが、ジークフリート様を怖れるとお思いですか。……ずっと味方だとお約束しました。だから、あなたになら、なにをされても」

「……っ」

ジークフリートが息を呑む。その目がまざまざと見開かれていく。それでも彼は首をふるのだ。

「獣を怖がらないはずなどない。矢や砲弾をおまえは怖がっていただろう」

「人を殺す道具をどうして好きになれるでしょう。人と人とが殺し合うための、悲しみしか生まないものです。でも、ジークフリート様は違うでしょう？　この国を護るために獣の姿をなさる、そうでしょう？」

だから尊いものなのだ。そう思いをこめて一心に見上げた。

「どんな姿をしていても、ジークフリート様はジークフリート様です」

「おまえは……」

ため息のような声が掠れる。一度硬く目を閉じたジークフリートは大きく息を吸いこむと、あらためてアンリを見下ろした。

「もし、怖くなったら逃げても構わない。これは王子と番が一対になるための最も大きな試練なのだ。やめたとしても番が責められることは決してない。それだけは覚えておいてくれ」

言い置いて、ジークフリートが数歩離れる。そうして目を閉じたかと思うと、おもむろになにかを唱えはじめた。

わずかに唇が動いているのがわかる程度の呟きは、時に高くなり、時に低くなり、まるでなにかの呪文のように彼と彼の周囲を取り巻いていく。やがてその姿がうっすらと空気に溶けるかのように揺らいだ次の瞬間、信じられないことが起こった。

長い赤銅色の髪と同じ色の体毛が、見事な虎の模様となって瞬く間に全身を覆っていく。身体は二倍以上に大きくなり、四つ足の後ろには尾が生えた。鋭い爪、鋭い双眼。なによりも目を引いたのは肉食獣の王とさえ呼べるほどの大きな牙だった。

上顎から鋭い犬歯が剣のように突き出している。野生の獣であれば、あれで獲物となる大型動物の喉笛に嚙みついて狩るのだろう。そしてそれこそが、獣型となったジークフリートが怖れられる由縁であろうことも一目でわかった。

「これが、ジークフリート様……」

そっと近づいてくるアンリにジークフリートは驚いたようだ。グルル……と低い唸り声を上げる。

それでもアンリはためらうことなくもう一歩距離を詰めた。

「触れても、いいですか」

どんなに違う姿をしていても目の光は変わらない。ためらいながらも抵抗はないようだったので、アンリは思いきってその身体に手を伸ばした。ふかふかとした感触が心地よく、首の周りのやわらかな毛に夢中で頰を擦り寄せる。

「ジークフリート様……あったかい……。やっぱり、ジークフリート様なんですね」

そう言いながらそっと目を閉じた時だった。

なんの前触れもなく大きな前足で身体を払われ、床の上に薙ぎ倒される。彼らしくもない乱暴なやり方に驚く間もなくジークフリートが上から覆い被さってきた。

「あ…」

自分よりも遥かに大きい獣がぬうっと近づいてくる様に呼吸も忘れてじっと見入る。人の時と同じ焦げ茶色の瞳に吸いこまれそうだと思った、その時だった。

「あっ…あ、……ぐっ……！」

鋭い牙がアンリの首筋に突き刺さる。肉体に押し入る刃《やいば》を弾き出そうとするかのように身体からは鮮血があふれ出した。

「は、ぁっ……、はっ……ぅ、……」

ぬるりとしたあたたかいものが鎖骨を濡らし、首の後ろへと垂れ落ちていく。すぐに牙は抜かれ、代わりにざらざらとした舌がじゅるっと音を立てて血を啜った。

痛みに全身が総毛立ったのはだが一瞬のことで、舐《な》められることで傷が嘘のように塞がっていく。彼は何度も何度も詫びるようにアンリの傷痕を舐めた後、少し離れたところで人の姿に戻った。

「大丈夫か」

呆然と床に寝転がったままのアンリの傍にやってくると、ジークフリートは傍らに膝をついて助け起こしてくれる。はっとして首筋に手をやったものの、そこには傷も痛みもなく、まるで狐につままれたような思いだった。

「番が王子を助けるように、王子もまた、番を治癒する力を持つ」

特別な力を授かった人間が国と王子のためにその力を捧げるように、獣人である王子もまた国と番のために戦う。戦場に番を伴うことも少なくなく、番が負傷した際には獣人の類い稀なる生命力を分け与えて、致命傷すら回復させることができるのだそうだ。

「それでも痛みは相当なものだっただろう……。良く、頑張ったな」

ジークフリートがいたわるように目を細める。

「これで俺たちは唯一無二の一対となった。おまえは生涯俺の番だ」

「ジークフリート様と、一対に……」

口にしただけでじわじわと熱いものがこみ上げてきた。これでずっと役に立てる。一番近くで味方でいられる。それはなんというよろこびだろう。

「うれしいです」

「あぁ。俺もだ」

感慨深げに微笑むジークフリートに、不覚にもズキンと胸が痛んだ。

けれどあえてそれに気づかなかったことにして、アンリはまっすぐに愛しい王子を見上げる。

自分が番になったことで、彼を王位に就けるための準備はできた。あとは同じように玉座を望む他

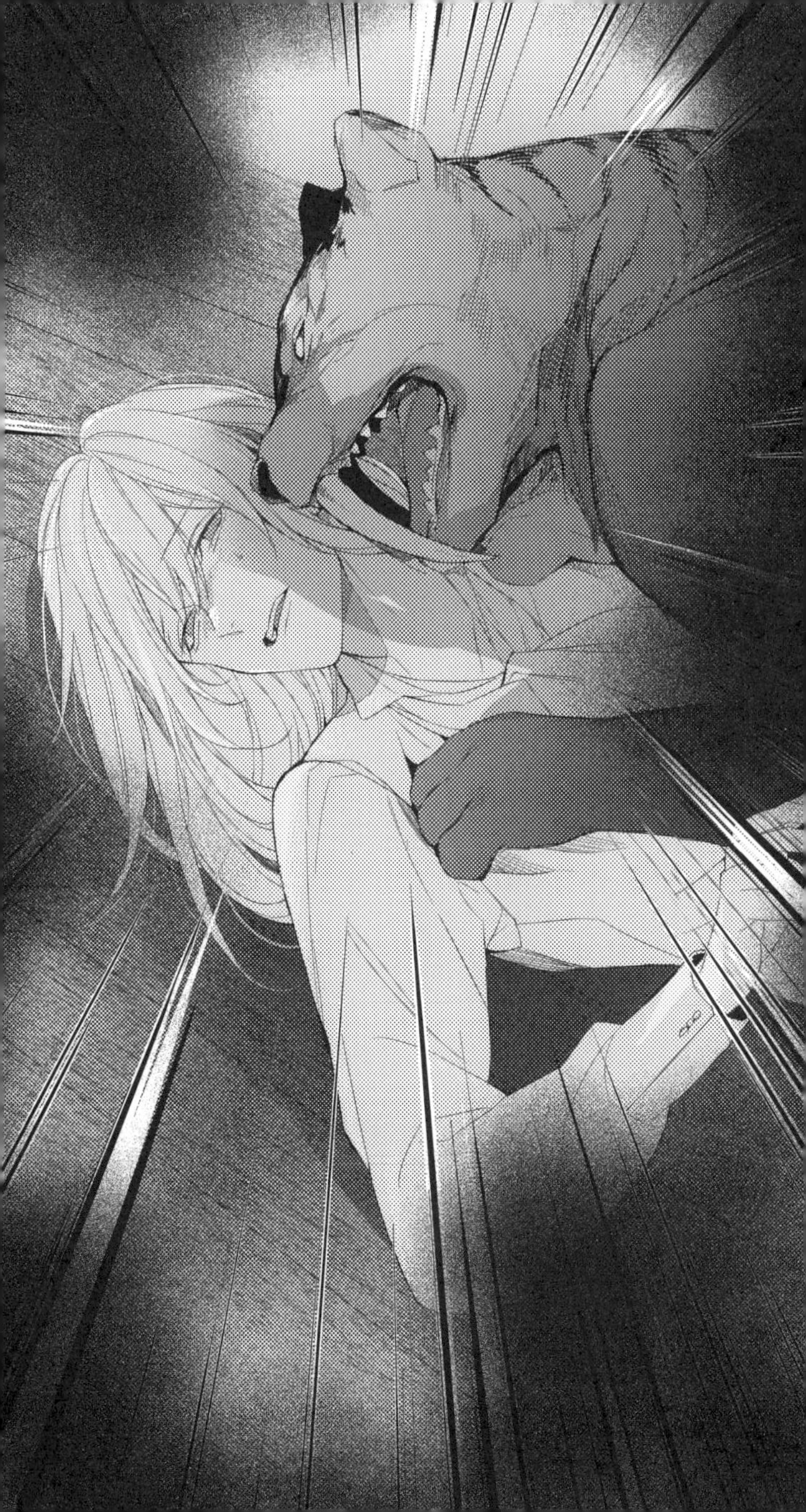

の王子たちと議論を尽くして最善の選択をしてもらえば良いのだ。選ばれるのがジークフリートであることを心から願う。今なら晴れやかな気持ちでそう言える。

「これでもう、心配なことはなにもありません。ぼくの命はジークフリート様のものです。すべてあなたに捧げます」

人生は長い。いつの日か彼は妻を迎え、ふたりの子供をもうけるだろう。王子と番がどんなに唯一無二だったとしてもそれに抗《あらが》うことはできない。

だからせめて、自分は必要とされる人間になろう。なにものにも揺るがない強い気持ちを育てよう。おまえが番になってくれて良かったと言ってもらえる日が来るように。

そんな思いをこめての言葉だったのだけれど、ジークフリートは強く首をふった。

「おまえの命はおまえのものだ。俺のために捨てることなどあってはならない」

「いいえ。ぼくはジークフリート様のお役に立てれば、それが一番のしあわせです」

ジークフリートが息を呑んだ。その顔がみるみるうちに歪んでいく。

「おまえをしあわせにする方法なんて他にいくらでもあるだろう」

声には怒気が混じっていた。抱き寄せようとしたのだろうか、左腕を伸ばしかけた彼がはっとしたように手を引っこめる。

「俺でなければ、良かったのか」

「あ…」

「この手でしあわせにしてやれれば、どれだけ……！」

胸を掻き毟《むし》るような悲痛な声に心が抉《えぐ》られるようだ。

彼が感情に任せて叫ぶところをはじめて見た。王子たちの中心として、いずれこの国の中核を担うものとして、常に己を律していた人が枷《かせ》を外して声を荒げる。

けれど、ジークフリートは恐るべき自制心でそれさえすぐに収めてみせた。

「……すまない。取り乱した」

薄く微笑む彼の頬には激昂の名残などどこにもない。あるのはおだやかな諦観、ただそれだけだ。

ジークフリートはゆっくりこちらに顔を向けると力なく首をふった。

「どうして、捨てられないのだろうな」

その目はここではない、どこか遠くを見つめている。

「好きという気持ちは呪いだ。相手を縛れないとわかっていても、自分だけを縛り続ける」

苦しげに吐き出されたその言葉こそ、彼の本音なのだと痛いほどわかった。

眉根を寄せ、きつく唇を引き結ぶ横顔を見上げながら、足元がずぶずぶと砂の中に沈みこんでいくような途方もない焦りを覚える。自分で自分にかけた呪いの解き方がわからない。いっそ捨ててしまえればいいのに、それもできないまま苦しみ続ける。

——好きという気持ちは呪いだ。

「ジークフリート様……」

名を呼ぶ声にゆっくりとこちらを向いた彼は、目を伏せながらため息をついた。

「また嫌な思いをさせてしまった。忘れてくれ」

——愛してるって言わないでください。

あの言葉が、今も彼を苦しめている。それをこんなにも痛感したことはなかった。

ジークフリート率いるアドレア軍が迎撃に成功した後もゲルヘムは諦めていなかったようで、海路という海路を制圧して執拗《しつよう》に攻撃をしかけてきた。

今やジュリアーノの領地である南の島々は占拠され、ザインの治める東の砦も大打撃を受けて半壊との報が舞いこんでいる。さらには大陸から突き出た半島をぐるりと回りこんだ敵国船団によって『アドレアの食料庫』と謳《うた》われたテオの領地さえその一部が荒らされつつあった。

もはや国は陥落寸前だ。ジークフリートはゲルヘムとの戦闘で受けた傷がいまだ癒えず、アドレアにとってこれ以上ないほどの危機的状況の中、城を訪れるものがあった。

北の領主、ゲーアハルトだ。長らく音信不通だった彼の突然の来訪にどこか胸騒ぎを覚えながら、アンリはジークフリートとともに王太子の間へと急いだ。

ゲーアハルトとは、世界の北の果てと呼ばれるイシュテヴァルダへ使者を送る約束をしていた。だがいくらその後の様子を問いかけても返事はなく、ジークフリートが悶々《もんもん》としていたのをアンリも知っている。今日はその相談だろうか。それとも、もしや良くない結果になってしまったのだろうか。

不安を抱えながら訪問者を迎えたアンリたちとは対照的に、ゲーアハルトはなにもかも見通したような顔をしていた。

「ゲルヘムはますます勢いづいているようですね。南も東も壊滅したとか」

「一度は押し返したのだが……なぜあれほどまで勢いが衰えないのかそら恐ろしい。貿易を止められ、食料も乏しくなり、孤立した中で兵力も徐々に減っているだろうに」

ジークフリートが顔を顰める。

それを見て、ゲーアハルトは小馬鹿《こばか》にするように薄く嗤った。

「おやおや。この期に及んで、ゲルヘムが単独で戦っているとでも？」

「……まさか、イシュテヴァルダか。手を組んだのか」

ジークフリートがはっと息を呑む。

「交渉はどうした。おまえにこの国の命運がかかっていたのだぞ」

「昔から人を疑うということを知らない人でしたが、こうも能天気がすぎると滑稽《こっけい》ですね」

「なんだと。どういう意味だ」

不穏な空気になりはじめたことにおろおろとするばかりのアンリの隣で、ジークフリートはさらに語気を強めた。

「こちらから書簡を送ってもなしのつぶて。挙げ句、都からの使者さえ追い返してくれたそうだな。交渉の結果を気を揉んで待っていたというのに」

「私が本気でイシュテヴァルダに遣いを出すとでも思っていたのですか。こんな、今にも滅びゆく国のために」

「なっ……」

ジークフリートが息を呑む。アンリもまた、耳を疑うような言葉を頭の中でくり返した。

――今にも滅びゆく国のために。

胸の中がざわざわとなる。心臓が不安に高鳴りはじめる。そんなふたりを交互に見遣り、ゲーアハルトは笑みを濃くした。

「いいことを教えてあげましょう。イシュテヴァルダの動向を気にしていたようですから。……彼らは今回の件に絡んでいませんよ。あんな田舎の連中に首を突っこませるわけがありません」

「どういう意味だ」

「まだわかりませんか。そういうところが灯台もと暗しの事態を生むのです」

私には好都合でしたが、とゲーアハルトが目を細める。

「ゲルヘムが手を結んだ相手は、イシュテヴァルダではありません」

「ならばローゼンリヒトか。……いや」

とっさにその名を上げたジークフリートだったが、すぐに首をふった。隣国ローゼンリヒトといえば、ついこの間までゲルヘムと刃を交えていた国だ。その戦後補償としてゲルヘムの海外貿易は禁じられたほどだ。それがいきなり手のひらを返すとは思えない。

ジークフリートと顔を見合わせていると、それを見たゲーアハルトがとうとう声を立てて嗤った。

「挟み撃ちにするのは、なにも他国でなくとも」

「……なん、だって……？」

「リノ山脈に阻まれ、アドレアの一員でありながら常に疎外感を味わわされてきた私たちなど、ね」

「……！」

あまりの衝撃に声も出ない。隣ではジークフリートが戦慄《わなな》いている。

「嘘、だろう………」

「そうだったらいいのにと、今頃思っているんでしょう？　残念ながらそんな願いは届きませんよ。永遠にね」

ゲーアハルトは悠然と言い放つと、まるで自らが次の王とでも言うように壁に掲げられたアドレア国旗の真下に立った。

「さぁ、愉《たの》しい取り引きをしましょう」

ゲーアハルトの合図で控えの間から続く扉が開き、数人の男性がぞろぞろと入ってくる。ひとりは北の王子に瓜《うり》ふたつの青年で、おそらくあれが彼の番のゲーアノートだろう。

だが、後に続く男たちを見てアンリは「あっ」と声を上げた。

「ゲルヘムの……」

体表を覆う硬い鱗を誇る彼らは戦場でも武装しない。龍人の姿を解いてもその片鱗《へんりん》は窺い知れる。ゲーアハルトが招き入れたのは先日の戦いで垣間見《かいまみ》た敵国の男たちに違いなかった。屈強な龍人たちはたちまちジークフリートとアンリを取り囲む。

「これはどういうことだ」

「私も手荒な真似はしたくありません。あなたが賢い選択をしさえすれば、余計な血を流すことなくすべては丸く収まります。あなたの英断に期待しますよ、ジークフリート」

「おまえはなにを考えている」

「王位を」

ゲーアハルトは表情ひとつ変えないまま即答した。

「これまではザインとジュリアーノが私のライバルでした。幸いにもあなたには番がおらず、継承権争いには加わっていなかった。……まぁ、この土壇場で一対にはなったようですが」

氷のような視線を向けられ、アンリは思わず息を呑む。ジークフリートがさりげなくアンリを庇うように前に立った。

「アンリを巻きこむな」

「それは私が決めることではありません。あなたが護るのですよ。すべての放棄と引き替えにね」

「なんだと」

「ザインもジュリアーノも、もはや王位を狙う余裕はないでしょう。テオドールははじめから権利を放棄している。賢明なことです。あなたもザインたちのようになる前に、西の王子を見倣ってはいかがですか」

「俺に継承権を放棄しろと言うのか」

「選択肢をあげましょう。すなわち、降伏の証《あかし》として私に次期王位を譲るか、あるいは国中の蹂躙を許して都も西も更地にするか――ゲルヘムの力はあなたも充分わかっているはずです。その容赦のないところもね」

　淡々と語る内容に愕然とする。

「よもや敵国と通じていたとは……。おまえはアドレアの王子として恥ずかしくないのか」

「恥などと。これは戦略ですよ、ジークフリート。もともと私たちは、五人のうちひとりしか王になれない。潰し合いは必至です。けれどそんな面倒なことをするよりもっといい方法がある」

　自らの手を汚さずに他の四人の王子を出し抜き、この国を独占するためにゲルヘムと手を結んだとゲーアハルトは悪びれもせずに言い放つ。愉しげな口調に吐き気がこみ上げた、その時だった。

「ふざけるな……！」

　とうとうジークフリートが声を荒げる。

「おまえはそれでもこの国の王子か。国を護る気概もないのか！」

「敵と戦うだけで国を護れるとでも？　やり方は何通りもある、それだけのことですよ」

「おまえのやり方には断固反対だ。どちらの選択肢も俺は認めない」

「おやおや。強情な人だ」

ゲーアハルトは肩を竦めると、ゲルヘムの男たちに目配せをした。

「ならば、残念ですが武力行使せざるを得ませんね」

「そんなことなどさせるものか。考えを改めないのなら、俺自身がおまえを倒す」

「ほう。一騎打ちですか。私がホワイトタイガーの獣人と知っての申し入れでしょうね」

「当然だ。負けはしない」

「ジークフリート様！　なにを申されます」

それまでハラハラしながら成り行きを見守っていたゲオルクが、とうとう看過できないとばかりにジークフリートに詰め寄る。それにはっとした他の侍従たちも慌てて傍に駆け寄ってきた。

「王太子が一騎打ちなど狂気の沙汰。どうかお静まりくださいませ」

「ただでさえお怪我をなさっておいでです。そのようなお身体で戦うなど、みすみす死にに行くようなもの。陛下も決してお許しになりません」

「ジークフリート様。お願いです。それだけは」

アンリも必死に説得しようとしたものの、まっすぐにこちらを見下ろしたジークフリートは、側近たちの顔も眺め回してきっぱりと首をふった。

「この国を護れるのはもう俺しかいない。ザインやジュリアーノの分まで俺が戦う」

「ですが！」

「ジークフリート様！」

やり取りを見ていたゲーアハルトが鼻で嗤う。

「美しい友情ですね。ですがそんなもの、なんの役にも立たないと思い知ることになりますよ」

「おまえにはわからなくとも俺にとっては大切なものだ。……ゲーアハルト。約束してほしいことがある。勝負の結果にかかわらず、領民には決して手を出さないでほしい」

「おや。この私に対しておねだりしようというのですか」

「俺が負ければおまえは次期国王となる、それだけのことだ。領民たちは巻きこまないでくれ」

「やれやれ。とんだ腰抜けの王太子様だ。領民よりもまずは自分の心配をすべきだと思いますがね。……まぁいいでしょう。それであなたが勝負の場に出るというのなら」

ゲーアハルトが彼の番に目をやると、少し離れたところで控えていたゲーアノートが音もなく近づいてきて隣に立った。

「決闘は、獣化しての一騎打ち。番の力を使うことは認める。それでよろしいですね」

「わかった。———ゲオルク。中庭を決闘場とする。直ちに支度を」

「……っ。……畏まり、ました」

ゲオルクは悔しそうに唇を噛んで一礼すると、侍従たちを連れて慌ただしく出ていく。

それを後目に、ゲーアハルトはホワイトタイガーに獣化した。

「……っ」

ジークフリート以外の王子が獣化するのを見るのははじめてだったが、それ以上にアンリを驚かせたのはその怖ろしさだった。どうしてだろう、ジークフリートがサーベルタイガーになった時は怖いとは決して思わなかったのに。

——きっと、ジークフリート様だったから。

姿形は違っても、中身は自分のよく知る彼だったから。野生の獣と獣人は違うのだとくり返し教えてくれた人だから。だから大きな身体を見ても、鋭い牙や爪を見ても、それを怖いとは思わなかった。

けれど、体長二メートルにもなる真っ白な虎を前にしていると生物としての本能が警鐘を鳴らす。

一瞬、こちらに迫るようなそぶりがあって身構えたが、すぐに気が変わったのか、ゲーアハルトはくるりと方向を変えるなり番と敵国の男たちを伴って出ていった。

部屋に残されたアンリはそろそろとジークフリートを見上げる。

考えていることなどお見通しだったのか、ジークフリートは力強く頷いてみせた。

「心配するな。負けはしない」

「ですが」

「おまえはここに残れ。獣同士の戦いを見せるのはまだ早い」

「あ…」

その言葉にはっとする。人と人が剣や弓矢を用いて戦うのでさえあんなに怖ろしかったのだ。獣人同士の武器といえば、肉食獣が狩りをするための鋭い牙や爪だろう。それで相手の喉笛を嚙み切り、身体を引き裂くのだ。夥《おびただ》しい血に塗《まみ》れた獣たちを想像しただけで身体がぶるりとふるえた。

——どうしよう。そんなことを、ジークフリート様は……。

不安に心臓がドクドクと高鳴る。あまりの怖ろしさに足が竦む。縋る思いで胸元をぎゅっと握ると、触れたところから早鐘を打つ鼓動が伝わってきた。

「アンリ」

やさしい声にはっとして顔を上げる。

「約束を違《たが》えることをどうか許せ」

それがどういう意味かを訊ねる間もなく、気がつくとジークフリートに抱き寄せられていた。

「おまえは、俺が愛したただひとりの相手だ。俺にもしものことがあったらテオを頼れ。醜い争いに巻きこんでほんとうにすまなかった。おまえと一対であったことを誇りに思う」

強く強く抱き締められて息も止まってしまいそうだ。うれしいと思う気持ちよりも、取り返しのつかない事態に突入していく怖ろしさに身体がふるえて声も出ない。

想いのすべてを預けるかのように長い抱擁をしたジークフリートは、身体を離すなりサーベルタイガーへと獣化した。その姿でアンリをじっと見つめてくる。焦げ茶の瞳が雄弁に愛を語る、それに気づかないほど子供ではない。

けれど、アンリがなにかを言うより早く彼はぱっと身を翻すと、そのまま走り去った。

「ジークフリート様！」

我に返ってももう遅い。

アンリは矢も楯もたまらず飛び出すと、中庭という言葉を頼りに廊下を駆け出した。

ここに残れと言われたけれど、彼をひとりで戦わせるなんてできるわけがない。自分たちは一対だ。自分は彼の番なのだ。ジークフリートの役に立てることがあるなら、どんなに怖ろしい事態にだって立ち向かってみせる。

長い廊下を走り抜け、階段を駆け下り、迷路のように入り組んだ建物の中を疾走する。途中何度も道に迷っては近くにいた侍従や侍女を捕まえ、案内を請うてようやくのことで辿り着いた時にはもう両者の戦いははじまっていた。

「ジークフリート様！」

近づいていった途端、目に飛びこんできた光景に悲鳴が洩れる。

ジークフリートの右肩には派手に血が滲《にじ》んでいた。もともとゲルヘムとの戦いで右腕を負傷しており、動きに俊敏性を欠いていたのを目敏《めざと》く見つけられて、そこを突かれたのだろう。右の前足を引き摺るようにするのがなんとも痛々しい。それでも彼は勇ましさを失うことなく、ジリジリと間合いを計りながらゲーアハルトに向かって唸りを上げた。

対する北の王子は真っ白な毛並みに一部の乱れも汚れもなく、唯一口元だけが真紅に染まっている。ジークフリートを噛んだためだと察した瞬間、どうしようもない怒りがこみ上げた。

だが出ていくことは許されない。これはふたりの真剣勝負だ。凛然と構えるゲーアハルトの後ろではゲーアノートがなにかを手に、呪《まじな》いのようなものを唱えていた。

「あれが〈宿星の番〉の力でございます」

ゲオルクがアンリに気づいてそっと耳打ちしてくれる。

「あのように、星座盤に手を翳して星を読んでいるのです」

ゲーアノートが手にしているのは遍《あまね》く星の運行を知ることのできるものだそうで、翳している手のひらが遠くからでもぼんやりと光っているのがわかる。カミルやマリオンの時と同じだ。番というのは、力を発揮するとその拠り所が発光するものなのだろう。

〈宿星の番〉は淡々と、ゲーアハルトの身に起こる未来を星の運行に重ね合わせて見通している。そして時折呪いを止めてはホワイトタイガーに合図を送り、それを受けたゲーアハルトが右へ左へ俊敏に身を翻しながらジークフリートに攻撃を重ねた。

「な…、なんでジークフリート様は防戦一方なのですか。どうして攻撃しないのですか」

あまりに一方的に見えて、アンリは思わずゲオルクに詰め寄る。

「なさりたくともできないのです。動きはすべて〈宿星の番〉に読まれているばかりか、不意を突いた攻撃さえも手に取るように見抜かれているはずです。すべてにおいて裏をかかれ、偶然という名の好機さえねじ曲げられるのが北との戦いの怖ろしさです」

「そんな……」

それが事実なら、ジークフリートは永遠に勝てないということになる。体力が尽きて膝を折ったところにトドメを刺されて終わりだろう。

ゲーアハルトたちは一卵性双生児だけあって息もぴったりで、休む間も与えず次々攻撃をしかけてくる。ジークフリートも必死にあの手この手をくり出すものの、ゲオルクの言うとおりそのすべてがゲーアハルトに届く前にヒラリと躱《かわ》され、牙や爪は空を掻いた。

このままではいけない。

今こそ、自分の役目を全うしなければならない。

「ぼく、ノアを連れてきます!」

「アンリ様」

ゲオルクの制止をふりきってアンリは離宮へ駆け出す。

正式な番となった今、カナリアはきっと〈幸運の番〉の力に応え、ジークフリートを勝利に導いてくれるだろう。それが国を背負って戦っている彼のため、ひいてはアドレアの平和のためになる。

城から離宮までの直線距離を今ほど遠いと思ったことはなかった。この国の様々なことを学ぶため蔵書を閲覧しに、また国家情勢が不安定になってからは仮の番として事態を把握すべく、毎日のように通った道だ。それを今は、ジークフリートを助けるためにひたすらに駆けた。

「はぁっ……、は、……っ……」

走り通しで息が上がり、気管がヒューヒューと音を立てる。それでもアンリは足を止めることなくノアの待つ離宮を目指した。

脳裏に浮かぶのは愛しい面影、ただそれだけだ。

――待っていてください。ジークフリート様……！

今こそ、あの儀式を乗り越えた成果を見せられる。中途半端に終わってしまった時とは違う。

やっと辿り着いた離宮で、だがアンリはすぐに違和感に気がついた。いつもなら入口に護衛を務める男性が立ってくれているのだが、その彼の姿が見えない。王太子に忠誠を誓った仕事熱心な若者がアンリの住処《すみか》を放り出してどこかに行くとは思えないのに。

不審に思いながらそっとドアを開けたアンリは、階上から聞こえる男たちの声に戦慄した。

「……ノア……！」

嫌な予感がして階段を駆け上がる。途中で足が縺れて転んでしまい、その音に気づいたひとりの男が廊下へ出てきた。もったいぶった仕草でアンリを見下ろし、ニヤニヤと下卑た笑みを浮かべる。

「おい、見ろよ。案の定来たぜ」

「へぇ。さすが、ゲーアハルト様は美しいだけじゃなくて賢いお方だ。おまえが来ることを見越して俺たちに指示されていたんだからな」

「なん、……あっ！」

男のひとりが手にしている鳥籠を見た瞬間、ざあっと血の気が引く。中は空になっていた。

「ノア……、ノアをどこに……！」

「ノア？　あぁ、あの鳥のことか。ここにゃもういねぇよ。どっか遠くへ飛んでっちまった。作りものかと思ったらいきなり動き出すんだからなぁ。まぁでも、おかげで壊す手間が省けたぜ」

敵兵が開け放たれた窓を指す。急いで近寄ってみたものの、目につく枝にノアの姿はなく、彼らがカナリアを逃がしてだいぶ経っていることを知った。

ゲーアハルトたちと王太子の間から出ていった後、決闘場に彼らの姿はなかった。そのことにもっと早く気づくべきだったのだ。ジークフリートの戦いに気持ちが持っていかれてノアのことまで気が回らなかった。

「なんて、こと………」

〈幸運の番〉である自分にとって、ノアは大切な相棒だ。あの子が歌ってくれなければアドレアに勝利はない。

がっくりと膝を折るアンリを見て、ゲルヘムの男たちは喉奥を鳴らして嗤った。

「おーおー、かわいそうになぁ。これでおまえは用無しだ」

「王太子にはゲーアハルト様が、その番には俺たちが、それぞれ引導を渡したってわけだ。どうだ。お払い箱になった今の気分は」

また一段と甲高い笑いが起こる。それに黙って俯き、屈辱に耐えながら、アンリはひたすら自分の心と向き合い続けた。

ノアがいなくなったのが事実だとしても、それですべてが終わりになるわけじゃない。

長い間真鍮の置物として鳥籠に入れられていたあの子が自分の歌に応えてくれた時のことを今でもはっきり覚えている。胸がドキドキして、楽しくて、うれしくてたまらなかった。アンリが呼びかければ元気よく返事をし、アンリが落ちこむと肩に乗って励まし、たくさんの歌を一緒に歌った。片やカナリア、片や人間だけれど、自分たちは友達だ。心が通い合っていたと信じている。だから。

――――諦めたくない。

一度失っても取り戻せるはずだ。もとのとおりに戻れるはずだ。

アンリが固い決意とともに立ち上がると、男たちは少し驚いたようだった。それだけ来た時とは顔つきも変わっていたのだろう。

「おい、どこに行くんだ。今から探そうったって見つかりっこないぞ」

そんな制止ももはやアンリには聞こえない。急いで階段を下りると、もと来た道を城に向かって夢中で駆けた。息が苦しいことも足が痛いことも頭の中から全部飛んでいって、早くジークフリートのところに戻りたい、そして彼のために歌いたいとそれだけを願った。

「アンリ様」

中庭に戻ったアンリをゲオルクが迎えてくれる。

けれど、アンリがノアを連れていないことを知るや、その顔からは血の気が引いた。

「神が我々をお見捨てになるはずはない……けれど、カナリアがいなくては……」

彼が向けた視線の先には息を荒げるジークフリートの姿がある。右肩だけでなく、今や額や腹からも血を流しているのを見た瞬間、アンリは己の中に信じられないほどの熱が湧き上がるのを感じた。

「ぼくが歌います」

「アンリ様」

「ぼくが、ノアの分まで歌います。必ずジークフリート様をお助けします。そしてこのアドレアに、再び平和が訪れるように」

きっぱり告げると、ジークフリートのために祈りを捧げ、それからアンリは目を閉じた。

——どうか、〈幸運の番〉としてお役に立つことができますように……。

奇跡が起こることを信じてアンリは厳かに歌いはじめる。それは母からくり返しくり返し聞かされてきた、この国に伝わる民謡だ。はじめてジークフリートに聞かせたのもこの歌だった。

森の中にいるような気持ちになるからだろうか、ノアは特にこの歌を好んだ。たくさんの歌を歌ったけれど、一度歌い終わるともう一度、さらにもう一度と、何度もこの歌をねだられたものだった。まるで幼いアンリが母にねだったのと同じように。

——ノア。聞こえる？

心の中で大切な友達に話しかける。

——ジークフリート様を助けたいんだ。この国を護りたいんだ。どうかぼくに力を貸して。

少しでも願いが届くなら、奇跡を起こすためにどこかで見守っていてほしい。

目の前では二頭の虎による国を懸けた戦いがまだ続いている。ジークフリートが咆哮《ほうこう》を上げるたび、彼が受け止めているであろう想像を絶する痛みに頭が真っ白になりそうだった。それでもアンリは懸命に足を踏ん張り、怖ろしさに引き摺られそうになるのをこらえて、ノアを思って歌い続ける。

そうしてどれくらい経っただろう。

どこからともなく「リリリリリ……」という鳴き声が聞こえ、アンリははっと目を見開いた。

「あれは！」

ゲオルクが指した方を見ると、こちらに向かって黄金のカナリアが飛んでくるではないか。

「ノア！」

両手を広げて迎えるアンリのもとへまっすぐにやってきたノアは頭上を二度旋回した後、アンリの肩にちょこんと留まった。そうしてまた友達に会えてうれしいと伝えるように「チュイー、チュイー」と囀りはじめる。

「よくここがわかったね。ぼくの声が聞こえたの？」

「ピッ」

「良かった……。ノア、来てくれてほんとうにありがとう。またきみに会えて良かった」

カナリアの頭にそっと頬を擦り寄せると、ノアも「リリリ……」と歌で応える。まるで喉の調子を確かめるように元気よく囀りはじめたノアに微笑ましいものを覚えつつ、アンリはノアを手のひらに乗せた。

「ノア。きみの好きな歌をぼくと一緒に歌ってほしいんだ。ジークフリート様を助けるためにきみの力を貸してくれる？」

ノアは黒いつぶらな瞳でじっとアンリを見上げている。その静かな眼差しに、自分たちの間に目には見えない確かな絆があることを強く感じた。

「ありがとう。ノア」

小さな額にキスを贈ると、アンリはノアとともにジークフリートの方に向き直る。

――ジークフリート様に勝利を。そして愛するアドレアに平和を。

アンリが歌い出すのに合わせてノアが囀る。

その瞬間、カナリアの身体から黄金の光があふれ出した。眩い光はノアを包み、アンリをも包み、そうして空へと一直線に昇っていく。雲を切り裂くように晴れ間が覗いたかと思うと、あの戦いの時を遥かに凌ぐ強烈な光がジークフリートに降り注いだ。

これこそが奇跡だ。これこそが〈幸運の番〉の本領なのだ。

「なんと素晴らしい……」

天から降り注ぐ奇跡の光にゲオルクは言葉を失っている。彼だけではない。周囲にいる侍従たちやアンリを追いかけてきたゲルヘム兵、果ては北の王子とその番までが驚きを隠しきれないというように奇跡を前にたじろいでいた。

すぐさま我に返ったゲーアノートが星読みを再開し、それを受けてゲーアハルトも体勢を整える。

けれど、幸運の光を帯びたジークフリートの前にはもはや彼らは敵ではなかった。

あっという間に形勢逆転したサーベルタイガーの牙が白い毛並みに深々と突き刺さる。ホワイトタイガーは咆哮を上げ、苦しそうに身をくねらせた。それでもジークフリートは離さない。渾身《こんしん》の力をこめて相手が負けを認める瞬間を待っている。何度も前足の爪でジークフリートを捕らえようとしたゲーアハルトだったが、ついに痛みが頂点に達したのか、その動きがガクッと鈍くなった。

「兄様！」

ゲーアハルトの一大事を察した番が悲痛な叫びを洩らす。

彼は懸命に星座盤に手を翳し、宿命をねじ曲げようと呪いを続けたが、残念ながらそれは完遂されずに終わった。星座盤そのものが度重なる酷使に耐えられなかったのか、あるいは幸運の光があまりに強かったためか、粉々に砕け散ったのだ。

「そんな……」

力の拠り所を失ったゲーアノートは完全に沈黙し、それによって致命傷を負っていたゲーアハルトも事実上負けを認めざるを得なくなった。

ぐったりと動かなくなったホワイトタイガーから牙を抜き、ジークフリートが勝利の咆哮を上げる。

その瞬間、次代の王を祝福するように空から再び光が降り注いだ。

アンリは歌うことをやめ、ただただその光景を目に焼きつける。これは、アドレアにとって新しい歴史がはじまる瞬間だ。今日ここで次なる王が認められたのだ。

「ありがとう。ノア」

手のひらの中の小鳥にもう一度頬を寄せる。

ノアはアンリだけに聞こえるほどの小さな声で「チュイー」とうれしそうに鳴いてみせた。

「ジークフリート様！」

人間の姿に戻ったジークフリートのもとにゲオルクたちが駆けていく。そうして姿を変えてはじめて、いかに彼が外傷を負ったかをまざまざと思い知らされた。右肩には深い裂傷、左腕にも切り裂かれた痕。脇腹は血に染まり、手や足にも無数の引っかき傷がつけられていた。

「ジークフリート様」

アンリも慌てて傍に駆け寄る。

「アンリ。この勝利はおまえのおかげだ。心から礼を言う」

「いいえ。それはノアが」

手の中の小鳥を差し出すと、いつもはすぐに真鍮に戻ってしまうノアだが、今回ばかりは鳥のままジークフリートの視線を受け止めてくれた。

「そうか。おまえも頑張ってくれたのか」

「ピッ」

さらには言葉まで交わしてくれる。こんなことまで起こるなんて、奇跡とはなんと尊いものだろう。

顔を見合わせ微笑み合ったジークフリートだったが、とうに限界を超えていたようで、その身体がグラリと傾いだ。

「ジークフリート様！」

ゲオルクが差し伸べてきた手を「大丈夫だ」と断り、ジークフリートは毅然と命じる。

「国を売ろうとした罪人としてゲーアハルトならびにゲーアノートを直ちに捕らえよ。ゲルへムのものたちもひとり残らずだ」

「はっ」

腹心と侍従たちがいっせいに駆けていくのを見送って、ジークフリートがガクリと膝を折った。

「ジークフリート様……？　ジークフリート様、しっかりしてください！」

アンリの呼びかけも虚しく、ジークフリートはそのまま意識を失って地面に倒れ伏す。

何度も何度も名を呼び続けるアンリを、ノアが心配そうに見上げていた。

＊

ジークフリートには最善の治療が施された。

なにがあっても王太子を死なせるわけにはいかないと、ゲオルクをはじめ医者や侍従たちが必死に手を尽くした甲斐あって外傷はすべてケアされ、一時目を覚ました際にはジークフリートはあたたかなスープも口にしたそうだ。

それでも、その後は昏々《こんこん》と眠り続け、そろそろ丸一日が経とうとしている。

獣人の特性をよく知るゲオルクは「眠ることで身体を回復させるのです」と言っていたけれど、こうも眠り続けていると不安になる。ベッドの横でつきっきりで祈りを捧げながら、アンリは時折ジークフリートの胸に耳を押し当て、鼓動を確認せずにはいられなかった。

目を閉じたまま微動だにしない彼は今、どんな夢を見ているのだろう。

決闘の一部始終を反芻《はんすう》しているだろうか。それともゲルヘムとの戦いをふり返っているだろうか。あるいは、西の領地で見た一面の小麦畑を。平和だった頃のアドレアを懐かしく思い返しているかもしれない。

病床の父を助け、王太子として五人の王子たちをまとめ上げ、必死にこの国の舵取《かじと》りをしてきたジークフリート。自らの利より国としての益を取ることを是としてきた人。己に厳しく、他人にやさしく、まさに次代の王にふさわしい獣人だ。王位継承の話し合いの席に着くことのできなかったザインやジュリアーノも、ゲーアハルトとの一件を聞けばきっと納得してくれるだろう。テオも全力で応援してくれるに違いない。

そんな人と、自分は一対になった。

はじめてテオとロベルトに会った時のことが懐かしく思い出される。強い絆で結ばれたふたりの関係に憧れるとともに、自分は天と地ほども身分の違うジークフリートと同じように信頼関係を築くことができるかと不安にもなった。

それでもジークフリートがアンリのことをただの庶民としてではなく、大切なひとりの人間として向き合ってくれたからこそ、生まれてからずっと己を縛り続けていた身分という枷を外して彼と対峙することができたのだ。

今なら胸を張って、ジークフリートとの間には確固たる信頼関係があると言える。これはなにものにも壊されないものだ。自分が心から彼を信じているのと同じだけ、彼に信頼されていると感じる。逆に、そう確信できなければあの番の儀式はできなかっただろう。

獣人の王子と人間の番。

考えてみれば不思議なものだ。互いの生い立ちも、性別も、種族さえも超えて強い絆で結ばれる。ジークフリートが運命という言葉を使ったのも今なら痛いほどわかる気がした。

「あなたは、ぼくの運命」

眠っているジークフリートの右手を取り、大切に両手で包みこむ。陸上戦での怪我に加え、ゲーアハルトに噛まれた肩のあたりからは夥しい血が出ていた。今は少しでも快癒に向かっているだろうか。

痛みは少しでも去っただろうか。慰めたい一心でアンリは包帯の上からキスを落とした。

「早く良くなってください。もう一度、目を開けて……」

もう、この国を脅かすものはなにもない。目を覚ませば素晴らしい景色が広がっているはずだ。それを王太子としてではなく、今度は国王として見晴かす。そんなジークフリートの勇姿を思い描くだけで胸が熱くなるのがわかった。

ずっと先のことだと思っていた未来はもうすぐそこまでやってきている。彼は病床の父に替わってこの国の王に即位し、民を護り、国を動かし、新しい時代を作っていくだろう。その傍らに番として自分がいるのだ。それはなんて素晴らしいことだろう。

——番になって、ほんとうに良かった。

じっと心の中で嚙み締める。

こう思えるまで、いろいろなことがあった。

身分の違いに戸惑い、後ろめたさを覚え、上手に振る舞えないこともあった。ジークフリートが自分を大切にしてくれるのは番が必要だからだとザインに吹きこまれ、疑心暗鬼に陥ったりもした。

やっとジークフリートへの気持ちを自覚した途端、彼は妻を迎える立場だとジュリアーノに指摘され、ジークフリートのためになるならと恋を諦める決心もした。この命を捧げると決め、彼に必要とされる人間になろうと決めた。番という立場だけは、彼の未来の妻も子供たちも、替わることができないものだから。自分だけのものだから。

「……、っ……」

この期に及んで独りよがりの気持ちが顔を擡げ、アンリはぎゅっと唇を嚙む。

こんなにも近くにいるのに、いずれこの手は自分ではない誰かを抱き締めるために動くのだ。誰かを愛し、誰かに愛され、その血を次代へとつなげるために。

――しかたない。しかたないんだ。

それを嘆いてもどうしようもない。それよりは、自分にも役割があることに感謝しなければ。彼の番であることを誇らしく思わなければ。

自分はアドレアを、そしてジークフリートを護るためにいつまでも彼とともにある。愛し合えないことより、ジークフリートを失うことの方が何倍も辛いと痛いほど思い知った。彼が生きていてくれさえすれば他に望むものはなにもない。

「……っ、ふ…、……ぅ……」

こらえようと全身に力を入れても止めどなく涙があふれる。己を律しようとすればするほど心がそれに反発する。こんなみっともない振る舞いは番としてふさわしくないと慌てて目元を擦った時だ。

「……泣いているのか」

低く掠れた声が投げかけられる。

はっとして顔を上げると、目を覚ましたジークフリートがこちらを見ていた。

「どうした。アンリ。どこか痛むか」

手を伸ばした彼がやさしく頭を撫でてくれる。自分の方が痛くて辛くてたまらないだろうに、向けてくれるいたわりに満ちた眼差しに音もなく涙がぽろぽろとこぼれた。

「ジー、ク…、フリート、様……」

「泣くな。悲しいことなどなにもない」

「ジークフリート様」

頭を撫でてくれていた手に縋り、それを両手で抱き締めながらわっと泣き崩れる。ジークフリートが目を覚ましたことへの安堵《あんど》と、そんな彼に心配をかけてしまった申し訳なさ、今になってもまだ心がグラグラと揺らぐ情けなさがあいまってアンリはわんわんと泣き続けた。

胸が詰まって息もできない。頭ではいけないことだとわかっているのに、心はなにひとつ思いどおりになってくれない。同じところで足踏みしたまま一歩も先に進めずにいる。

「アンリ」

やさしく名を呼ばれた瞬間、彼に言われた言葉を思い出した。

――好きという気持ちは呪いだ。相手を縛れないとわかっていても、自分だけを縛り続ける。

「あ…」

この言葉の持つ意味を今ほど痛感したことはない。こんなに苦しいことだったなんて。それを言わせてしまったなんて。

「……っ、申し訳…、ありません。ジークフリート様……申し訳ありませんでした」

「どうしたというのだ。顔を上げてくれ、アンリ」

いくら彼の頼みでも顔向けなんてとてもできない。下を向いたまま首をふるアンリに、ベッドの上に身を起こしたジークフリートは根気強く言葉を重ねた。

「俺は、おまえに感謝することはあっても、謝られる覚えなどないぞ。何度も俺を助けてくれたではないか。おまえのおかげでこの国は護られた。おまえはアドレアの護り神だ。礼を言う」

あぁ、そんな言葉をもらえるなんて番としてこれ以上の誉れはない。でも、だからこそ、罪悪感が胸を突いた。

「お言葉とてもうれしいです。……それでも、どんなに国を護るお手伝いができたとしても、ジークフリート様の心は護れませんでした」

「アンリ……？」

「ぼくは、酷いことを言ってしまいました。あなたの心を踏《ふ》み躙《にじ》るようなことを」

ジークフリートが一瞬言葉を呑む。思い当たるところがあるのだろう。アンリは居住まいを正すと、思いきって顔を上げた。

「愛してるって言わないでくださいと言ったことがありました。自分勝手な我儘で苦しめてしまったことを、心からお詫びします」

「……そんなこともあったな。確かにあの言葉は堪えたが、それでも必要なことだったのだと今ならわかる。俺は自惚れが強いと自覚することもできた。おまえのおかげで成長できたと思えば、やはり感謝しかないのだ」

ジークフリートがおだやかな顔で微笑む。そんなふうに言うために、彼はどれだけのものを自分の中で昇華してきたのだろう。それを思うと己の弱さに今すぐ消えてしまいたくなる。それでも、彼が必要以上に自分自身を責めないように、無理に納得しなくて済むように、ふるえそうになるのをこらえてアンリは懸命に言葉を紡いだ。

「ぼくが、嘘つきだと知ったら……ジークフリート様は軽蔑なさいますか」

「アンリ？」

「ジークフリート様は自惚れが強くなんかありません。全部、お見通しだっただけです」

「……どういう意味か、訊いてもいいか」

ジークフリートの声音が変わった。身体をこちらへと向け、ほんのわずかな表情も見落とすまいと目を閃かせる。

「俺の都合のいいように受け取ってしまっていいのか。おまえの言葉を期待していいのか」

これを言ったらもう後には引けなくなる。なかったことにはできなくなる。

それでも、それでも、どうしても、伝えたいという気持ちがすべてに勝った。

「愛していると言ってもらえて天にも昇るような心地でした。自分と同じ気持ちだと知って……」

「アンリ。まさか」

はっきりと頷く。

「ずっと、ジークフリート様をお慕いしておりました」

「それならなぜ。どうして俺を」

「あなたが、王太子様だったからです」

そう言うと、ジークフリートははっと息を呑んだ。

「ジークフリート様が素敵な方とご結婚なさり、お子様方と仲睦まじく暮らしていくのを傍で見守ることこそ番の役目と心得ました。だから、ぼくのことなんて」

「一番近くにおまえがいながらどうして他のものを愛することなどできるだろう。……いや、たとえおまえがここにいなくとも、遠くへ旅立ってしまったとしても、おまえ以外など考えられない。そのような考えで身を引こうと言うなら俺は断固として許さない」

「申し訳ありません。ですがぼくは……」

「許さない」

毅然とした声が語尾を奪う。口調には怒気さえ混じっていて、ジークフリートの本気が滲んでいた。

「アンリ。俺の目を見ろ。生涯解けることのない呪いにかかった俺の目を見ろ」

焦げ茶色の瞳が痛いほどまっすぐにこちらを見ている。

「おまえを愛しているのだ。なによりも深く、誰よりも愛しく思っている。俺にはおまえでなければならないのだ。他のものでは代わりにもならない」

「ジークフリート様……」

切々と訴えられ、愛を乞われて、それでも突き放すことなどできない。これ以上自分の心に嘘はつけない。

「ぼくも……愛しています。あなただけ、ずっと」

「アンリ」

逞しい腕が伸びてきたかと思うと、息もできないほど強く強く抱き締められた。

「アンリ。アンリ。もうおまえを離さない。俺の願いを聞いてくれ。俺のものになると言ってくれ」

恥も外聞もかなぐり捨ててジークフリートが訴える。瞼に、頬に、こめかみに、乞うようにキスの雨を降らされて心臓がきゅうっと甘く疼いた。

それでも、越えられない壁はある。

「これ以上はいけません、ジークフリート様。国王としてお子様をもうけなくては……」

「俺は、おまえに生んでほしいと思っている」

あまりに思いがけない言葉に、すぐには反応することができなかった。

「…………あ、の……でも、ぼくは男で……」

「知っている。知った上で言っている」

獣人の王子は、即位の儀式で特別な力を授かることで聖獣となる。アドレアの王たちが代々受け継いできたものだ。

驚いたのは、その際、番も王の伴侶となることのできる新たな力を授かるということだった。

「王には国を治めるだけでなく、正当な血筋を正しく次代につなげるという義務がある。そして番というのは特別な存在だ。王と番が生涯の一対となることもあるだろう。性別が同じというだけの理由で義務が果たせないということがあってはならない」

「つまり、性別によらず、子を成せるということですか……？」

驚いた。そんな話は聞いたこともない。

そう言うと、ジークフリートは「前例はないがな」と声を潜めた。

「これは義務であり、権利でもある。もちろん、番自身がその選択をしさえすればだ。肉体の変化も伴うと聞いている。普段の習慣も変わるだろう。だから、おまえがそれを望んでくれさえすれば……」

「望みます！」

矢も楯もたまらず即答した。

これまでずっと悩んできたことだった。それでも男の自分にはどうすることもできないと、諦めるしかないと思っていたのだ。それなのに。

「こんな奇跡が起こるなんて……ぼくでも、ジークフリート様の子供を授かることができるなんて」

「いいのか。辛いこともあるかもしれないぞ」

「構いません。こんな……こんなしあわせなことが他にあるでしょうか。諦めなくてもいいなんて。あなたをずっと好きでいてもいいなんて」

最後の枷が外れた拍子に涙が再びあふれてくる。後から後からポロポロとこぼれる涙をジークフリートが指先でやさしく拭ってくれた。

「そこまで不安にさせてしまっていたのか。俺の方こそすまなかった」

アンリがジークフリートの気持ちを受け入れていれば、あるいは将来の不安を打ち明けていれば、直ちに不安は払拭されただろう。けれど言葉にすることを怖がったばかりに長い長い遠回りをしてしまった。

「もっと早く話せば良かった。……同じ想いだと確信が持てないうちから結婚や出産の話は憚《はばか》られたのだ。許せ」

「謝らないでください。ぼくがいけないんです。きちんと理由もお話しせずに……」

「それは俺が一度に望みすぎたせいだ。身分のことも番のことも、将来のこともなにもかも」

「でも、ぼくが」

「いいや、俺が」

一瞬の間を置いて、どちらからともなくぷっと噴き出す。

「おかしいですね。ほんとうの気持ちをお伝えしたら、こんなにすぐに解決したのに」

「おまえには気を遣わせてばかりだったな。これからは、ためらわずになんでも俺にぶつけてくれ。おまえが常にしあわせであるように誠心誠意努力しよう」

「ジークフリート様……」

心臓がドクンと鳴る。息をするごとに鼓動が速まる。身体中がしあわせで満たされて息をするのも苦しいくらいだ。

左手を取られたかと思うと、厳かなくちづけが薬指の上に落ちた。

「生涯、おまえただひとりだ。俺のものになってくれるか」

なによりも強く雄々しい、愛しのサーベルタイガー。その澄んだ瞳をまっすぐに見つめ返しながらアンリは想いをこめて頷いた。

「生涯、あなたただひとりです。ぼくをジークフリート様のものにしてください」

ジークフリートの手のひらに、お返しのつもりで誓いのキスを埋める。

見返した笑顔はこれまで見たことがないほど甘く、やさしく、そして希望に満ちあふれていた。

その日は、一日がとても長く感じた。

今や国の英雄であるジークフリートが目を覚ましたとして城中が歓喜に沸いたからだ。皆が王太子の快復をよろこび、一言なりともお祝いをと次から次に押し寄せた。

おかげで、ふたりきりになったのは夜も更けてからだ。普段は離宮で休むアンリだが、ふたりのことを察したゲオルクによってジークフリートの私室へと案内された。

「やれやれ。大変な一日だった」

部屋に戻ってきたジークフリートは、ようやく落ち着いたというように大きく息を吐きながら上着を脱ぐ。けれど口ぶりとは裏腹にその表情はおだやかだ。彼もまたこうして日常を取り戻せたことにほっとしているのだろう。

そんな彼は今日一日、国王に謁見して事の顛末を報告したり、閣僚たちに売国奴や敵兵らの裁判の準備を命じたりと、休む間もなく城中を闊歩《かっぽ》して過ごしたのだそうだ。病み上がりだというのにその体力たるや大したものだ。

ジークフリートが人払いをしたので、侍女に替わって着替えを手伝いながらアンリはふと、違和感を覚えて手を止めた。

「あれ？　あの、ジークフリート様。包帯は……？」

「あぁ、もう取った。治ったのでな」

「え？　え？」

嘘だ。あんなに怪我だらけだったのに。

目を丸くするアンリをふり返ったジークフリートは、小さく噴き出しながら「俺は獣人だからな」と頷いた。

「獣人は、戦闘能力の高い獣の血を引いている。人間より体力もあれば治癒能力も高いのだ。今回は特に治療のあとで昏々と眠ったからな。その分治りも早かった」

おまえを早く安心させたかったのだ。

そうつけ加えたジークフリートは、はにかんだように笑いながら右腕の袖を捲った。

「見ろ。痕も消えた」

「え？　あっ」

敵兵が放った矢からアンリを護ってくれた時の傷が今はすっかりなくなっている。ゲーアハルトに噛まれた右肩の裂傷は治るまで少し時間がかかりそうだが、それ以外の傷もきれいに消えていた。

「たった一日で、すごい……」

「番の怪我を治すほどの力を持つのが獣人だ。自分の怪我も当然治せる」

「そうなんですね。……でも、それならどうして、矢の痕はすぐに治さなかったのですか」

ジークフリートがわずかに目を眇める。

「戒めに、するつもりだった。おまえを危険な目に遭わせてしまった自分が許せなかったのだ」

「そんな！」

思いがけない言葉に驚きながらアンリは夢中でジークフリートに縋った。

「ジークフリート様はぼくを護ってくださったでしょう。危ないとわかっていながら乗りこんだのはぼくの方です。だから、ジークフリート様はこれっぽっちも悪くありません」

「アンリ……」

あまりに勢いこんで言ったためか、はじめは驚いたように目を瞠っていたジークフリートだったが、やがてふっと表情をゆるめる。衣擦れの音とともに腕が伸びてきたかと思うと、逞しい胸に抱き寄せられた。

あたたかい胸。あたたかい鼓動。そのすべてが彼とともにある。

「おまえには、許されてばかりだ」

「それを言うならぼくの方が」

見上げた焦げ茶の瞳には自分が映っている。こんなふうに見つめ合える日が来たなんて、これこそ奇跡という言葉でしか表せない。

「アンリ」

やさしい声とともに少しずつジークフリートの顔が近づいてくる。瞼を下ろすとすぐにあたたかなものが唇に触れた。

その瞬間、まるで光が弾けたように触れられたところから身体の隅々に至るまでよろこびが伝わり、満たされていく。驚いて目を開けると、ジークフリートもまた目を瞠ってこちらを見ていた。

「これが、愛というものか……」

「ジークフリート様」

「おまえこそ我が運命――はじめて会った時にそう言ったな。今、あらためてその意味を噛み締めている。こんなにも俺をいっぱいにするとは」

そっと手を取られ、ジークフリートの胸に持っていかれる。手のひらにはドクドクと高鳴る鼓動が伝わってきた。自分だけではないのだ。

「ジークフリート様も？」

「わかるか。おまえを愛していることを」

「はい。……はい。とても」

またもうれし涙が滲んでしまいそうになり、とっさに胸に顔を埋める。

するとすぐ、ジークフリートに横抱きにされ、身体がふわっと持ち上がった。そのまま奥の寝室へ運ばれ、ベッドの上に寝かされる。シーツの冷たさに驚いたのは一瞬のことで、すぐに考えていられなくなった。

ジークフリートが真上から覆い被さってくる。彼の赤銅色の長い髪が肩からこぼれ、ふたりの世界を覆い尽くした。

「アンリ」

低く、甘く、掠れた声が愛しさをこめてこの名を呼ぶ。それはなんてしあわせなことだろう。ドキドキと高鳴っていた心臓がさらに大きくドクンと跳ねた。

「おまえと、身も心もひとつになりたい。いいか」

「……はい」

すべてを晒してしまうのは怖くて恥ずかしくてたまらないけれど、それでも彼のものになりたい。胸が痛くなるほど愛している自分のすべてをもらってほしい。

想いをこめて見上げたアンリに、ジークフリートがため息をこぼす。

「愛している。俺の番、俺の運命……」

吐息とともにやわらかなキスが額に、頬に、瞼の上に慈雨のように降り注ぐ。節くれ立った大きな手で両側から頬を包みこまれ、そのまま指先でやさしく髪を梳《す》くようにして今度は唇が塞がれた。

「ん、っ……」

痺れるようなよろこびに身体がふるえる。触れ合ったところから彼の愛情が染みこんできて、たちまち胸をいっぱいにする。触れては離れ、また触れては離れとやさしく唇を啄《ついば》まれたかと思うと、不意に濡れたものが下唇をぬるりとなぞった。舌だ。

「んっ」

ジークフリートの舌が唇の間に入ってきて、その熱を教えるように上唇を内側から撫で上げる。

「……ん、ふ……」

くすぐったいだけではない、生まれてはじめて味わう感覚に、たちまちぞくぞくしたものがこみ上げた。心臓が痛いくらい鳴って壊れそうだ。そんなところに舌で触れられるなんて。それがこんなに気持ちいいなんて。ちゅうっと音を立てて唇を吸われ、味わわれて、アンリはビクビクと身体を撓らせながら目眩《めくるめ》く快感に酔った。

「あぁ、おまえは甘いな。どこもかしこも味わいたくなる」

ようやく唇を離したジークフリートが唾液を舐《ねぶ》りながら目を細める。もはや情欲を隠そうともせず、さらに深みに誘いこむような眼差しからは雄の色香があふれ出ていた。

なんて雄々しく、美しい獣人だろう。そんな彼が自分に昂奮してくれている。そしてほしがってくれている。だからアンリからも応えるつもりで広い背中に腕を伸ばした。

「もっと、ぼくを食べてください。ジークフリート様……」

「アンリ」

「早くあなたのものになりたいです」

その瞬間、ジークフリートの纏う空気が変わる。濡れた焦げ茶の双眸がいっそう熱を帯びた。

「いけない子だ。どこでそんな言葉を覚えてきたのだ」

「え…？」

思ったままを言ったのだけれど、良くなかっただろうか。

不安に目を泳がせたアンリに触れるだけのくちづけを落とし、ジークフリートが苦笑した。

「大人を煽《あお》るなと言ったのだ。……だが、俺も同じ気持ちでいる」

「ジークフリート様」

「早くおまえを俺のものにしたい。そしておまえのものになりたい。だが、それには備えなくては」

慰めるように額に小さなキスが降る。

すぐさま胸のボタンを外され、着ていた長衣を脱がされた。万歳をするようにして下着も脱がされジークフリートの目に半身を晒す。

「なんという美しい肌だ。吸いつくようになめらかで……あぁ、ここも甘い」

「んっ」

ちゅっと鎖骨の上に唇を落とされ、心地よさと期待に肩がふるえる。鎖骨から鳩尾《みぞおち》、臍《へそ》の上と徐々に降りてきたジークフリートの唇は脇腹を通り、少しずつまた上へ上がってきた。

「あ、ん…っ」

胸の尖りにぬるりとしたものが触れた瞬間、雷にでも打たれたかのようにビリビリとしたなにかが身体を駆け抜ける。慎ましく立ち上がりかけていたピンク色の尖りは熱い舌に舐られ、押し潰され、ジクジクと熱を孕んだのを見計らったかのように強く吸い上げられて、アンリは身も世もなく悶《もだ》えながらシーツの海で身を撓らせた。

「あ…、あっ……は、ぅん……ん、っ……」

そうしているうちにもう片方の粒も指で触れられ、捏《こ》ね回されて、頭がおかしくなりそうだ。自分で触れてもなんとも思わなかったそこが彼によって別のものに造り替えられていく。ちゅくちゅくと音を立てて吸われるたびに頭の中には光が弾け、覚えのある熱が下腹へと伝った。

それは容易に見て取れたのだろう。ジークフリートの手が伸びてきて、下衣の上から形を確かめるように触れられる。

「あぁっ」

「もうこんなにしていたのか。これでは苦しいだろう」

胸を弄《もてあそ》んでいた手がするりと紐に伸びてきて下衣を落とし、下着までも取り払われる。文字どおり一糸纏わぬ生まれたままの姿になったアンリを、ジークフリートはため息とともに見下ろした。

「あぁ、きれいだ」

「は…、恥ずかしいです……。あんまり見ないで……」

ただでさえ貧弱な身体の上、今や誤魔化しようもないほど昂奮し、その証は硬く張り詰めている。せめて膝を立てて少しでも隠そうとしたものの、そんなことが許されるはずもなかった。

「俺はおまえの一対だ。なにをためらうことがある」

足を左右に大きく開かされ、その間にジークフリートが身体を割りこませてくる。早くも先走りの雫《しずく》をこぼしていた先端は濡れて光り、身体を抱えられるたびにゆらゆらと揺れた。

はしたない。恥ずかしい。頭ではそう思うのに、身体はもっともっとと彼を求める。

「あぁっ……」

花芯に触れられ、そっと扱《しご》き上げられた瞬間、胴がぶるりと大きくふるえた。

「はぁっ…、あっ…、ん、ん、ん……あんっ……」

ゆっくりとはじまった手淫が少しずつ大胆になるに従い、抗いようのない快感が全身を覆う。触れられたところからぐずぐずに溶けてしまいそうだ。気をゆるめたらすぐにでも達してしまいそうで、アンリは懸命にシーツを握って波をやり過ごそうとした。

「我慢するな。何度でも達《い》けばいい」

「や…、ぼく、だけじゃ……なくて……」

ジークフリート様と一緒に気持ちよくなりたいんです。

うまく息ができなくて言葉にはできなかったけれど、眼差しが声にならない思いを伝えた。

「ならば、少しの間我慢できるか。俺を受け入れるために必要なことだ」

「はい」

声をふるわせながら頷くと、覆い被さっていたジークフリートが身体を起こした。膝立ちになり、着ていたものを次々と脱ぎ捨てていく。たちまち露わになる逞しい上半身に目が釘《くぎ》づけになったのも束の間、硬く兆した彼自身に思わず息を呑んだ。

手を取られ、そっと導かれる。はじめて触れたそれは熱く張り詰め、ドクドクと脈打っていた。

「わかるか。おまえがほしくてこうなっている」

「ジークフリート、様が……」

ごくりと喉が鳴る。

ジークフリートはアンリ自身と重ねて何度か互いの雄を扱くと、トロトロとこぼれたふたりの蜜を指で掬い、アンリの慎ましい窄《すぼ》まりに塗りつけた。

「あっ…」

「これから、ここでひとつになる。そのための準備だ」

彼の声も心なしか掠れている。一足飛びにしてしまいたいのを理性で抑えているのだろう。だからアンリも恥ずかしいのをこらえてできるだけ力を抜くよう努めた。

「ん、んっ……」

頃合いを見計らって節くれ立った指がぬうっと潜りこんでくる。

はじめての感覚に戸惑うあまり、本能的に指を締めつけてははっとして力をゆるめる、そのくり返しだ。少しずつ指を埋めこまれては慣れた頃合いを見計らって動かされ、新たな刺激に陶然となったところでさらに奥へと受け入れていった。

「は、ぁ…、ん…っ……」

ゆっくりと出し入れされ、隘路《あいろ》が彼を受け入れる形に変えられていく。違和感は大きかったものの痛みはなく、いつしか三本に増えた指さえ飲みこめるようになった。

「上手だ、アンリ」

ジークフリートがやさしいキスをくれる。それがうれしくて、アンリからもちゅっと触れるだけのキスを返した。

奥深くまで挿れられた指で小刻みに中を刺激され、揺さぶられ、じわじわとしたなにかが迫り上がりつつあった、その時だ。

「あぁっ…！」

中をぐっと押された途端、信じられないほどの快感が駆け抜け、アンリの花芯がビクンとふるえた。先端からはとぷっと白い蜜が噴き出し、とろとろと幹を伝って落ちる。普段なら顔から火が出そうなほどの痴態にもかかわらず、今は気にする余裕すらなかった。

そこを押し上げられるたびに気持ちよくてしかたなくて、ビクビクと痙攣《けいれん》したようにジークフリートの指を締めつけてしまう。自分でも止められないのだ。そしてそうやって彼を味わえば味わうほどもっともっとほしくなる。

「ジーク…、リー、さま…、ぁ……」

ぐずぐずになりながら手を伸ばすと、彼は指を絡めて握り返した。

「あぁ、俺も限界だ。おまえがほしい」

熱を帯びた声で告げるが早いか、ジークフリートが指を引き抜く。喪失感に蕾が戦慄いたのは一瞬のことで、すぐにドクドクと熱く脈打つものが宛がわれた。滑りを広げるようにして二度、三度と先端を擦りつけられ、押し当てられて、緊張と期待で息をすることさえ苦しくなる。

「アンリ。愛している……」

「あ――」

熱塊を押しこまれた瞬間、頭の中が真っ白になった。

指とは比べものにならない圧倒的な大きさに身体がミシミシと悲鳴を上げる。それでも自分の中にジークフリートを受け入れているのだと思うと、痛みなんてどうでもよくなってしまった。

自分が大切にされるのは番の力のおかげだろうかと思い悩んだ時、ジークフリートはいずれ女性と結婚すると思い詰めた時、あの時の胸の痛みに比べたらなんとしあわせなことだろう。自分たちが今まさにひとつになろうとしている証なのだから。

「ジークフリート様……うれしい……」

「あぁ。俺もだ、アンリ。辛いだろうがもう少しだからな」

「はい……ん、っ……」

小刻みに身体を揺すられ、指を受け入れたのと同じように少しずつ熱塊を埋めこまれていく。気の遠くなるような時間をかけてジークフリートとひとつになる。

「……あ、あぁぁっ……」

ズン、と奥まで突かれた瞬間、触れられることなくアンリは達した。勢いよく噴き出した蜜がふたりの腹を汚す。

「ご、め…、んなさい」

「どうして謝る。俺を受け入れてくれただろう」

「ジークフリート様、を……」

「そうだ。わかるか。俺たちは今、ひとつになっている」

そう言ってジークフリートが腰を揺らめかせる。そうすることで一分の隙もないほど彼の熱が埋めこまれ、自分をいっぱいにしているのがありありとわかった。

「すごい……ほんと、に……」

「これでおまえは俺のものだ。そして俺も、おまえのものだ」

「ジークフリート様………」

種族も身分も性別さえも自分たちの愛は止められなかった。今、すべてを超えてこうしてひとつになっている。想いを募らせた分だけ熱く、相手を思いやった分だけ強く、愛を昇華するために。

「愛している。何度でも言う。おまえこそ我が番。我が運命――」

誓いのくちづけの後、静かに抽挿《ちゅうそう》が再開される。

いつしか中は彼の形にすっかり馴染み、こうしていることがしあわせなのだと伝えるようにきゅうきゅうと熱塊に絡みついた。

ジークフリートもそれがわかるのか、熱い吐息を洩らしながらアンリの感じるところを次々に見つけては昂ぶらせていく。抽挿はやがて速さを増し、激しさを増して、瞬く間にトップスピードへ駆け上がっていった。

身も心もこれ以上ないほど満たされて、もうどうにかなってしまいそうだ。

「ジークフリート、さま……、ジーク…、リー、さまっ…、ぁ……」

「アンリ……」

「もう、もう……、あっ…、あぁぁっ……」

「くっ…」

逞しい腕に縋りながらアンリが蜜を散らす。

それを追いかけるようにして、奥にもどろりと熱いものが迸《ほとばし》った。

全力疾走した後のように苦しくて息もできない。それでも愛し愛されたという事実が心をこんなにも満たしてくれる。お互いを強く抱き締めたまま触れるだけのくちづけを交わした。

さっきまでの激しさが嘘のようだ。鼻が触れそうなほどの距離で見つめ合っていると相手の息遣いまでよくわかる。彼が身動ぐわずかな音も、しあわせそうに含み笑う、その声までも。

愛しい…、という気持ちがこみ上げ、アンリはそっと逞しい肩にキスを贈った。

「しあわせです。ジークフリート様に、ぼくの全部を差し上げられて」

心からそう思う。これ以上しあわせなことなんてないと断言できる。

けれど、ジークフリートはなぜかうれしそうな、それでいて困ったような顔をした。

「あまりかわいいことを言うな。歯止めが利かなくなる」

「そんなもの、なくていいのに……」

端整な顔の眉間に、また一段と深い皺が刻まれる。ジークフリートは少し考えているふうだったが、すぐに結論が出たのか、得意げに宣言した。

「明日はおまえに休みをやろう。一日ここで寝ているといい」

「え？　いえ、そんなわけには……」

「足腰が立たなくなると言っている。今夜は眠らせてやれそうにないからな」

「……！」

アンリがその意味に気づくより早く、ゆるゆるとした抽挿が再開される。

甘い甘いしあわせとともに夜は更けていくのだった。


数日後、国王、王太子列席のもと行われた裁判で、罪人への処分が決定された。

敵との内通による王位簒奪《さんだつ》を企てた重罪で、ゲーアハルトとその番は東の砦近くに建つ断崖絶壁の古城に幽閉されることとなった。通常なら売国行為は死罪に値するが、王族の系譜に連なる王子たちということで特赦が与えられた格好だ。生涯の自由は失われたが、それでも一対と離されることなく過ごせるのであれば彼らとしても本望だろう。

そんな領主たちに代わって北の地は彼らの弟が継ぐことになり、その監視役として副宰相のヴィゴが当面現地に赴任することになった。時々ふらりと離宮にやってきては一緒にお茶を飲んだり、侍女たちとお喋りをしたりと気さくに振る舞っていたヴィゴが、実はゲオルクに次ぐ実力者だったと知って今さらながら驚いたのは秘密だ。

また、敵国との内通を助けたもの、及びゲーアハルトたちとともに城に乗りこんできたゲルヘムの男たちも須《すべか》らく終身刑となった。こちらは城の地下牢《ろう》に収監され、生涯かけて罪を償うための労働に明け暮れることとなる。

それと同時に、アドレア、ローゼンリヒト、イシュテヴァルダの三国から軍隊が派遣され、その監視下に置かれたゲルヘムは力を失い、事実上瓦解することとなった。

近い将来、この三国間で平和条約を盛りこんだ三国同盟が結ばれることになるだろう。そうすればゲルヘムに対して国際社会からよりいっそう強く圧力をかけられるようになり、争いのない平和な世界の実現にまた一歩近づくことになる。

これこそ、誰もが待ち望んでいた未来だ。

いよいよそれを叶える時が来た。

それから半年ほどが経った、輝くばかりに晴れ渡った夏至の日。

〈アドレアの祝祭〉と呼ばれる王の戴冠式が華々しく執り行われることとなった。

この日のために、それこそ城中の人間が東奔西走したと言っていい。宰相ゲオルクは式が滞りなく行われるよう準備から進行次第の一切を取り仕切り、北の地に行ってしまったヴィゴに代わって新しく副宰相に任命されたものと侍従たちが総出で関係各国との調整に当たった。

王家づきの衣装係たちはもちろんのこと、国中の腕のいい仕立て屋が集められ、ジークフリートのために立派なマントを仕立てた。赤銅色の長い髪を持つ長身の彼にふさわしい、黒地に金の総刺繍でアドレアの紋章を入れた立派なものだ。首回りと裾部分には豪奢な毛皮があしらわれ、彼をいっそう威風堂々として見せた。

採寸から仮縫い、微調整と、そのすべての段階を傍で見ていたアンリでも正装したジークフリートを前にすると見惚れてしまう。まるで彼の周りだけ眩く光っているかのようでため息が洩れた。

「とてもご立派です」

支度を終え、こちらをふり返った新国王をアンリは番としてまっすぐに見上げる。

「おまえもとても美しい。良く似合っている」

「ジークフリート様が選んでくださった衣装ですから」

白く光沢のある長衣は、最上級の絹を使っててていねいに仕立てられた逸品だ。さらさらとした手触りといい、ふんわりとやさしい風合いといい、撫でていると甘やかな香りさえ立ち上ってくるようでとても気に入っている。その上に、王の番の正装としてペールブルーのサッシュをつけた。

「俺にとってこれは、長い間母上だけが身につけているものだった。それを今はおまえが俺の伴侶として肩から提げてくれている。しあわせなことだ」

ジークフリートは目を細めながらアンリの胸に勲章をつけてくれる。

「王の番の証に、これを」

「よろしいのですか。こんな高価な宝石のついた……」

「俺が持っていてほしいのだ」

胸元で鈍色《にび》に輝く勲章にそっと手をやり、アンリはまっすぐにジークフリートを見上げた。

「ジークフリート様の番の証……。うれしいです。大切にします」

目を見合わせ、微笑み合ったところで部屋にノックの音が響いた。ゲオルクだ。

「お支度はいかがでございますか。……あぁ、これはこれは、なんと雄々しく、お美しい……」

宰相はふたりの姿を見るなり、こぶしで口を覆ったままその場に立ち尽くした。無理もない。特に幼少の頃からジークフリートを陰に日向《ひなた》にと支えてきた彼にとって、その晴れ姿は感極まるものがあるだろう。

「ゲオルク。まだはじまってもいないうちから」

その心中を察したであろうジークフリートもまた、うれしそうな、それでいて少し困ったような、やさしい顔で近づいていく。そうしてゲオルクの肩をポンポンと叩くと勇気づけるように頷いた。

「俺が今日こうして在るのも、おまえが良く働いてくれたおかげだ。心から感謝している」

「……っ、……大変、身に余るお言葉でございます」

ゲオルクは小さく洟《はな》を啜った後、大きな深呼吸とともに涙をふりきる。

「私としたことが失礼いたしました。それでは、ご案内をさせていただきます」

宰相の案内でふたりは部屋を出ると、城の最上位にある王の間に向かった。

道中、廊下や中庭などの至るところに美しい花々が飾られている。新国王ジークフリートを慕うものたちが半年前から育て上げ、あるいは海外から珍種を取り寄せて城へ献上してくれたのだそうだ。

窓から下を覗けば城の周囲はアドレアの国旗で飾り立てられ、これまで見たことがないほどあかるく活気づいていた。

これが〈アドレアの祝祭〉なのだ。皆がジークフリートに祝福を捧げる。

——しあわせだ……。

すぐ前を歩く広い背中をじっと見上げる。

彼がその肩に背負っているもの、これから背負うだろうたくさんの重荷を、ともに背負えることを誇りに思う。たくさんの人々が願いを託してくれた平和な治世を彼とともに成し遂げていきたい。

胸を熱くしながら重厚な扉の前で隣に並ぶ。

「おまえに出会えたことが俺の宝だ。ありがとう」

アンリにだけ聞こえる声でそう言うと、ジークフリートはゲオルクに目で合図を送った。それが門番たちへと伝わり、木でできた飴《あめ》色の大きな扉が開かれていく。

その向こう、王の間は、眩いばかりのシャンデリアに照らされていた。

中央奥、数段高くなった玉座には国王陛下夫妻が座り、左右には三人の王子と番をはじめ、各国の要人たちがずらりと顔を揃えている。アドレアの世代交代を見守り、祝福するために遠路遥々《はるばる》やってきてくれたのだ。玉座の下、王冠を授かる儀式が行われるであろう場所には、この日のために拵えた金色の美しい脚つき鳥籠が一際存在感を放っていた。中ではもちろん大切な友達が待っている。

これまではアンリ以外が近づくだけでカチンと固まっていたノアだが、だいぶ慣れたのか、最近は周囲に人がいても歌うことをためらわなくなった。もっとも、ゲルヘムとの陸上戦やゲーアハルトとの一騎打ちなど、ぶっつけ本番で実戦経験を積んだからとも言えるのだが。

――いい子にしていてね、ノア。

心の中で話しかけながら、ジークフリートとともにレッドカーペットの上を一直線に歩いていく。

ふたりは玉座の前まで来ると、分厚いクッションの上に跪いた。右手を心臓の上に置き、そのまま静かに頭を垂れる。この国での最敬礼だ。

そんな王太子とその番の前に国王が進み出た。

「これより、アドレア王国王位継承の儀を執り行う。王は〈聖獣〉としての力を次の王に受け渡し、また番は聖なる力を次の番に受け渡す。この一対は、いかなる武力や権力によっても決して妨げられてはならない。我はここに新しい一対を祝福し、〈アドレアの祝祭〉を執り行うことを厳かに宣言するものである」

長らく病の床にあった人とは思えない重々しく、力強い声だ。これがアドレア王なのだ。

国王は階段を下りてくると、息子ジークフリートの前で止まる。そうしてその頭の上に手を翳し、静かに問うた。

「そなたはこのものを番とし、ともに力を合わせて国を護ると誓うか。国のため、民のため、そして周囲の国々のために命を懸けて尽くすと誓うか」

「アドレアの名に懸けて、お誓いいたします」

力強い応えを受けて国王が頷く。翳した手のひらがほのかに発光したかと思うと、新しく王となるジークフリートの身体を包んだ。

これまで番が力を発揮するところは何度も見たが、王の力ははじめてだ。ましてや〈聖獣〉の力を授けるところなど生涯一度しか目にすることはないだろう。アンリが固唾を呑んで見守るのと同様、この場にいるものも皆、物音ひとつ立てずにじっとその様子を見守っている。

しばらくすると光は収まり、王は翳していた手をもとに戻した。そうして被っていた王冠を脱ぐと、それをジークフリートの頭に被せる。

「これで、そなたは新しい王となった。国のために邁進《まいしん》せよ」

「必ずや使命を果たしてご覧に入れます」

深々と一礼したジークフリートが顔を上げ、父を仰ぐ。絶対的な存在であったはずの父をも凌ぎ、今や国の頂点に立った彼はどんな気持ちでいるだろう。

感慨に耽《ふけ》っていると、元国王の隣に王妃が立った。今度は番のための儀式だ。彼女もまたアンリの頭上に細くたおやかな手を翳し、厳かに問うた。

「そなたは王の番として、ともに力を合わせて国を護ると誓いますか。国のため、民のため、そして周囲の国々のために命を懸けて尽くすと誓いますか」

「アドレア王の名に懸けて、お誓い申し上げます」

応えた瞬間、不覚にも涙が出そうになる。それを必死にこらえながら、王妃の手から放たれるあたたかな光に身を任せた。慈悲深く情け深い、彼女そのもののようなやさしい光だ。こうして包まれているだけで心がすうっと落ち着いてくる。

「これを」

王妃は自らの冠を取り、アンリの頭に被せてくれた。目が合った彼女ははじめて会った時と同じくとてもやさしい目をしていた。

「これで、そなたは新しい王の番となりました。国のためにご尽力を」

「この命に代えましても」

アンリの深礼とともに御代替わりの儀式が終わる。

正式に〈聖獣〉となったジークフリートとともに玉座のある最上段へ進み出たアンリは、そこから見る景色の違いにはっとなった。はじめて馬に乗せてもらった時のようだ。見えるものが違うだけでこんなにも気持ちが違ってくる。

王とその番だけが見られる景色。多くのものを背負ったものだけが立てる場所なのだ。

ジークフリートは一同をぐるりと見回し、堂々と口を開いた。

「我、ジークフリート・フォン・ラインヘルツは、アドレア王国の君主としてここに即位を宣言する。これよりは〈幸運の番〉であるアンリと生涯一対で国を護る。皆の協力のもと国内情勢を正常化し、国力の回復を最優先に取り組んでいきたい。我が祖国アドレアが永遠であるように」

王の即位宣言に一同から拍手喝采が湧き起こる。誰もが待ち侘びた瞬間だった。

長らく先代王が病に伏し、敵国との均衡が崩れそうになる中、番を得られないばかりに王位継承に名乗りを上げることができないでいたジークフリートを、城中のものたちだけでなく都に住む誰もがもどかしく思っていた。その気持ちはすぐ近くで盛大な拍手を送ってくれているテオやロベルトも同じはずだ。儀式の案内を出した際、一番に返事をくれたと聞いた。

各国の要人たちが次々に新しい王に祝辞を述べる。

中には隣国ローゼンリヒトの王や、世界の北の果てと言われるイシュテヴァルダ王の姿もあった。

この二カ国と三国同盟を結ぶことがジークフリートの王としての最初の仕事だ。王太子時代にすでに条約の骨子はできており、あとは最終調整を待つばかりとなっている。即位前からスタートダッシュをかける熱意に満ちあふれたその横顔を見上げながらアンリは胸を熱くした。

「新しいアドレア国王に神の祝福があらんことを」

そう言って跪いたのは三人の王子たちだ。

「ザイン。ジュリアーノ。怪我はもういいのか」

「俺を誰だと思っている。東の砦を預かるものが戴冠式を欠席したとあっては末代までの恥」

「ごめんね、ジークフリート。これでも悔しいんだよ。ザインも王位はほしかったからね」

「そういうおまえもだろう、ジュリアーノ。ここに来るまで浮かない顔をしていたくせに」

「それはそれ、これはこれだろ。こうしてジークフリートが新しい王様になったんだから、俺たちはそれを支えていかないとね」

「ジュリアーノ、よくぞおっしゃいました。見直しましたよ」

テオに褒められたジュリアーノは照れ笑いながらもまんざらでもないようだ。そうしてひとしきり笑った後で、ジュリアーノはアンリをまっすぐに見た。

「おめでとう。そしてごめんね、意地悪して」

ジークフリートが王妃を迎えるはずだと吹きこんだのは、それによってアンリが身を引き、ジークフリートが番を失うことを期待してのことだったとジュリアーノが白状する。激昂しそうになる王を慌てて押さえ、アンリは静かに首をふった。

「ぼくたちが今こうしてあるのも、皆さんのおかげです。感謝の気持ちしかありません。ですから、ジュリアーノさんがおっしゃったことはもう忘れてしまいました」

アンリの言葉にテオがうれしそうに目を細める。

「ご立派になられましたね。アンリさん。……いいえ、もうアンリ様とお呼びしなければ」

「えっ、そんな、やめてください。これまでどおり呼んでください……！」

わたわたと慌てはじめたアンリを見てその場の皆がぷっと噴き出す。途中までジュリアーノを睨んでいたジークフリートもやがて輪に加わって一緒に笑った。

「そうやって並んでるのを見ると、悔しいけどジークフリートが王位に就いて良かったなって思うよ」

「えぇ、ほんとうに。お互いを思いやる気持ちは誰よりも強いでしょうし」

「おまえたちならこの国を変えていけるだろう。手を抜いたら砦から砲弾を撃ちこんでやる」

ジュリアーノとカミル。テオとロベルト。ザインとマリオン。

それぞれの事情はあれど、王子と番の絆の強さを見せられるたびに圧倒され、憧れたものだった。その人たちに今こうして認められ、祝福されるというのはなんと誇らしいことだろう。

三者三様の激励に胸を熱くしながら、自分とジークフリートを結びつけてくれた小鳥を見遣る。

アンリが視線を向けた瞬間、ぱっと鳥に変化したノアは嘴で檻《おり》をちょんちょんとつついた。どうやら出たがっているらしい。手のひらに乗せて出してやると、ノアはうれしそうに「チュイ！」と胸を張った。

「ふふふ。なんてかわいらしい」

テオに褒められて得意になったのか、ノアは元気よく囀りはじめる。〈幸運の番〉しか歌わせることのできない奇跡の鳥の鳴き声に場内は大きくざわめいた。誰もが驚きに息を呑み、顔を見合わせ、小鳥の声を聞くためによろこんで耳を澄ませる。

「ジークフリート様」

「あぁ、おまえさえ良ければ」

ジークフリートに許しをもらったアンリは思いきって歌いはじめた。この国の自然を讃《たた》えた大好きな歌だ。ノアもまた、アンリの手のひらの上で惜しげもなく美しい歌声を披露した。

「我が番、我が運命。この命の果てるまでともに在ろう」

そっと肩を引き寄せられ、逞しい腕の中でアンリはしあわせの歌を歌う。

そんなふたりの前途を祝福するかのように、天からは眩い光が降り注いだ。部屋の隅々まで差しこんだあたたかな光は強い絆で結ばれた王と番を包みこみ、これからの幸運を約束する。

アドレアに、新しい風が吹こうとしていた。

あとがき

こんにちは、宮本《みやもと》れんです。

『アドレアの祝祭～聖獣王と幸運の番～』お手に取ってくださりありがとうございました。

物語の舞台であるアドレアは、前作『銀の祝福が降る夜に』のイシュテヴァルダと隣国ローゼンリヒトを挟んで地続きということもあり、ちょくちょく名前が出てきましたね。そのあたりもお楽しみいただけていたらうれしいのですが、いかがでしたでしょうか。

さて、今作はいつになく大所帯。主要人物が十人いました。

主人公のアンリは、地に足をつけて生きる健気な頑張り屋さん。冒頭のほんの少ししか出てきませんが、幼い頃の家族とのやり取りや、村の人たちとの交流の様子を書きながら「この子をしあわせにしなければ」という使命感のようなものが湧いたのを覚えています。

そんなアンリはジークフリートと出会って恋を知って、自ら身を引く辛さも知って――いろいろなことを経験し、多くの視点を取り入れながら最後は人として、〈幸運の番〉として、大きく成長してくれました。

そんなアンリだからこそジークフリートは強く惹かれたのだと思います。階級の頂点に立つ王族であるにもかかわらず、身分にこだわらない柔軟な思考を持つ彼は、これからの時代を牽引する新しい王になるのでしょうね。生まれながらにして富も権力も持ちながら、一対になる番や、自分を心から愛してくれる存在とは出会えていなかったジークフリート。彼もまたアンリに出会って恋を知って、どうにもならないもどかしさに直面して、だからこその台詞「好きという気持ちは呪いだ」でした。想うことの直向きさ、どうしようもなさというものが凝縮されているようで、この台詞を書きながら私自身もはっとしました。異種族同士であり、同性でもあり、また天と地ほどの身分差もあったふたりですが、無事結ばれてほんとうに良かったです。よく頑張ってくれました。

そんなアンリとジークフリートをはじめとする、十人十色の物語。東西南北それぞれの一対にも思い入れがあります。

東のザインとマリオンは厳格な主従関係のように見えますが、あれでいてザインの方がマリオンを必要としている間柄でしょうね。少年の頃に出会って以来、一緒に育ってきた彼らのそもそもの出会いや、今につながる約束など、深掘りのし甲斐がありそうです。

西のテオドールとロベルトは安定感のあるコンビ。目で意思疎通ができるふたりです。深く信頼し合っているからこそなのですが、逆にそれが足枷になって、それ以上の関係に一歩踏み出せないでいるかもしれません。なんだかくすぐったいですね。

南のジュリアーノとカミルはお互い割りきった関係……のはずだったのですが、恋多き男のジュリアーノがカミルの存在に救われている己に気づき、ついに本物の恋に目覚めてしまうものの、なかなか本気にしてもらえなくて……なんて一波乱はどうでしょう。

北のゲーアハルトとゲーアノートは謎多き悪役ポジション。実は一番設定を作りこんだのがこのふたりだったのですが、流れ的に入らずお蔵入りとなりました。ヤンデレの双子、書きたかった(笑)。

まだまだ語りたいことはあるのですが、際限がなくなってしまうのでこのへんで……。

本作にお力をお貸しくださった方々へ御礼を申し上げます。

素敵なイラストを描いてくださったサマミヤアカザ先生。光栄なことにこれが四度目のご縁となりました。ラフをいただくたび、キャラや物語を隅々まで汲んでくださるお力に感激するばかりです。今回もサマミヤ先生に描いていただくならこんなキャラ、こんな場面と想像しながら物語を作るしあわせを味わわせていただきました。ほんとうにありがとうございました。

そして、何度も暗礁に乗り上げてはベソベソ泣き言を言う私を励まし続けてくださった担当M様！　無事に形になったのも担当様のおかげです。どうもありがとうございました。これからもどうぞよろしくお願いいたします。

本を手に取ってくださいましたすべての読者様。こうして書き続けることができるのも、読み支えてくださる読者様のおかげです。よろしければご感想や応援のお声を編集部宛にお寄せください。楽しみにお待ちしております。

最後までおつき合いくださりありがとうございました。
それではまた、どこかでお目にかかれますように。

二〇二一年　祝祭を寿ぐ、しあわせの春に

宮本れん

銀の祝福が降る夜に

ぎんのしゅくふくがふるよるに

宮本れん

イラスト：サマミヤアカザ

本体価格870円+税

狼が忌み嫌われている国・イシュテヴァルダの森で、人狼であることを隠し、ひっそり暮らしてきた天涯孤独のサーシャ。仕事を探しに街へ出たサーシャは、そこで危険な目に遭うが、それを国王・アルベルトに救われる。アルベルトはまだ世界のほとんどを知らないサーシャを城に招待し、優しく甘やかし、様々なことを教えてくれた。初めて触れる人からの優しさに戸惑うサーシャだったが、若き国王の『癒し』になってほしいと王の側近たちに頼まれ、その役目を受け入れる。穏やかな交流を続ける中で、想いを深め合う二人だったが、実は思いも寄らない過去の接点があることが分かり……？

リンクスロマンス大好評発売中

恋、ひとひら

こい、ひとひら

宮本れん

イラスト：サマミヤアカザ

本体価格870円+税

黒髪に大きな瞳が特徴的な香坂楓は、幼いころに身寄りをなくし、遠縁である旧家・久遠寺家に引き取られ使用人として働いていた。初めて家に来た時からずっと優しく見守ってくれていた長男・琉生に密かな想いを寄せていた楓だが、ある日彼に「好きな人がいる」と聞かされてしまう。ショックを受けながらも、わけあって想いは告げられないという琉生を見かねて、なにか自分にできることはないかと尋ねる楓。すると返ってきたのは「それなら、おまえが恋人になってくれるか」という、思いがけない言葉で……？

極上の恋を一匙《ごくじょうのこいをひとさじ》

宮本れん
イラスト：小椋ムク

本体価格870円+税

箱根にあるオーベルジュでシェフをしている伊吹周は、人々の心に残る料理を作りたいと、日々真摯に料理と向き合っていた。腕も人柄も信頼できる仲間に囲まれ、やりがいを持って働く周だったが、ある日突然、店が買収されたと知らされる。新オーナーは、若くして手広く事業を営む資産家・成宮雅人。視察に訪れて早々、店の方針に次々と口を出す雅人に、周は激しく反発する。しばらく滞在することになった雅人との間には、ぎこちない空気が流れていたのだが、共に過ごすうち、雅人の仕事に対する熱意や、不器用な優しさに気付き始めた周は次第に心を開くようになり……。

リンクスロマンス大好評発売中

はつ恋ほたる《はつこいほたる》

宮本れん
イラスト：千川夏味

本体価格870円+税

伝統ある茶道の家元・叶家には、分家から嫁を娶るというしきたりがあった。男子しかいない分家の六条家には無関係だと思っていたものの、ある日本家の次男・悠介から、ひとり息子のほたるを許嫁にもらいたいとの申し出が舞い込んでくる。幼いころ周りの大人に身分違いだと叱られるのも気にせず、なにかと面倒を見てくれた悠介は、ほたるの初恋の人だった。しきたりを守るための形式上だけと知りながらも、悠介にまるで本物の許嫁のように扱われることに戸惑いを隠せないほたるは……。

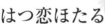

LYNX ROMANCE

小説原稿募集

リンクスロマンスではオリジナル作品の原稿を随時募集いたします。

募集作品

リンクスロマンスの読者を対象にした商業誌未発表のオリジナル作品。
（商業誌未発表のオリジナル作品であれば、同人誌・サイト発表作も受付可）

募集要項

＜応募資格＞

年齢・性別・プロ・アマ問いません。

＜原稿枚数＞

４５文字×１７行（１枚）の縦書き原稿、２００枚以上２４０枚以内。
※印刷形式は自由。ただしＡ４用紙を使用のこと。
※手書き、感熱紙不可。
※原稿には必ずノンブル（通し番号）を入れてください。

＜応募上の注意＞

◆原稿の１枚目には、作品のタイトル、ペンネーム、住所、氏名、年齢、電話番号、メールアドレス、投稿（掲載）歴を添付してください。
◆２枚目には、作品のあらすじ（４００字～８００字程度）を添付してください。
◆未完の作品（続きものなど）、他誌との二重投稿作品は受付不可です。
◆原稿は返却いたしませんので、必要な方はコピー等の控えをお取りください。
◆１作品につき、ひとつの封筒でご応募ください。

＜採用のお知らせ＞

◆採用の場合のみ、原稿到着後６カ月以内に編集部よりご連絡いたします。
◆優れた作品は、リンクスロマンスより発行させていただきます。
原稿料は、当社既定の印税でのお支払いになります。
◆選考に関するお電話やメールでのお問い合わせはご遠慮ください。

宛先

〒151-0051
東京都渋谷区千駄ヶ谷４−９−７
株式会社　幻冬舎コミックス
「リンクスロマンス　小説原稿募集」係

この本を読んでの
ご意見・ご感想を
お寄せ下さい。

〒151-0051
東京都渋谷区千駄ヶ谷4-9-7
(株)幻冬舎コミックス　リンクス編集部
「宮本《みやもと》れん先生」係／「サマミヤアカザ先生」係

リンクス ロマンス

アドレアの祝祭～聖獣王と幸運の番～

2021年2月28日　第1刷発行

著者……………宮本《みやもと》れん
発行人…………石原正康
発行元…………株式会社　幻冬舎コミックス
〒151-0051　東京都渋谷区千駄ヶ谷4-9-7
TEL 03-5411-6431（編集）
発売元…………株式会社　幻冬舎
〒151-0051　東京都渋谷区千駄ヶ谷4-9-7
TEL 03-5411-6222（営業）
振替00120-8-767643
印刷・製本所…株式会社　光邦
検印廃止

ISBN978-4-344-84815-3 C0293
Printed in Japan

幻冬舎コミックスホームページ　https://www.gentosha-comics.net